저, 능력은 평균치로 해달라고 말했잖아요!

*God bless me?*

14

# 【티루스 왕국】

## 엘프들

크레레리아 박사

엘프 여성. 아빠 바보.
고룡전에서 마일 일행을 도왔다.

샤라릴

엘프 여성.
아카데미 연구원

폴린

헌터. 치유 마법 구사자.
상냥한 소녀지만…….

에이투르

엘프 여성.
아카데미 연구원

바노라크 왕국

아스컴으로
돌아가는 반환점

왕도
샤레이라즈

브란델
왕국

카라미테이

여인숙 사건이
일어난 마을

아스컴령

침공군

티루스 왕국
'붉은 맹세' 등록국

왕도

마일이
헌터 등록한 마을

왕도

제도

산악지대

아르반 제국

오브람
왕국

트리스트 왕국

왕도

마레인 왕국

왕도

마판

도시

도시

드워프 마을
그레데마르

*God bless me?*

WORLD MAP

아스컴 자작가의 장녀 아델 폰 아스컴은 열 살이 되던 어느 날, 강렬한 두통과 함께 모든 것을 기억해냈다.

자신이 예전에 열여덟 살의 일본인 쿠리하라 미사토였다는 것과 어린 소녀를 구하려다가 대신 목숨을 잃었다는 것, 그리고 신을 만났다는 사실을······.

너무 잘나서 주변의 기대가 커, 자기 생각대로 살 수 없었던 미사토는 소원을 묻는 신에게 이런 부탁을 했다.

## "다음 인생에서 능력은 평균치로 부탁드립니다!"

그런데 뭐야, 어쩐지 이야기가 좀 다르잖아!

나노머신과 대화를 나눌 수 있고, 인간과 고룡의 평균이어서 마력이 마법사의 6,800배?!

처음 다닌 학원에서 소녀와 왕녀님을 구하기도 하고.

마일이라는 이름으로 입학한 헌터 양성 학교에서 동급생들과 결성한 소녀 사인조 파티 '붉은 맹세'로 대활약!

그리고 왕국 상위층의 의뢰로 아르반 제국에 잠입하여 고룡과 목숨을 건 격투를 벌여 승리를 거둔 마일 일행.

나라로 귀환한 마일 일행을 기다리고 있던 것은 마르셀라를 비롯해 성장한 『원더 쓰리』!

마일을 둘러싼 쟁탈전이 벌어지고?!

새로운 계기를 거머쥔 『붉은 맹세』에게 엘프 마을로 향하는 위험한 호위 의뢰가 들어오는데······.

# God bless me?

## CONTENTS

# 삽화(挿話)

"그럼 그렇게 부탁하면 되겠지?"

"으음, 뭐, 어쩔 수 없네……."

어느 나라 어느 왕도의 술집에서 세 명의 여성이 이야기를 나누고 있었다.

"지금까지는 얼굴만 봐도 주먹을 날리던 두 사람이 모처럼 제안한 거기도 하고, 나한테도 이익밖에 없으니까 받아들일게. 원래도 두 사람이 일방적으로 자꾸 트집 잡았을 뿐이지 난 마음에 담아둔 것도 없다고……. 마을에 있었을 땐 참 다정한 언니들이었는데 왜 갑자기……."

유감스러운 표정으로 말하던, 세 명 중 제일 어려 보이는 여성(인간으로 치자면 성인이 됐을까 말까 한 정도에 살짝 아담한 체구로 아직 『소녀』라 칭하는 게 맞는 듯한)이 두 사람의 표정을 알아차리고 황급히 입을 다물었다.

……그렇다, 『그때』의 상황이라든지, 그때 나눴던 대화 내용으로 이유를 대충 짐작할 수 있었다.

하지만 사과할 수는 없다.

그랬다간 두 사람의 마음을 더욱 깊이 후벼 파 상처만 줄 테니까.

……게다가 소녀는 자신이 잘못했다거나 실수했다고는 조금도

생각하지 않았기 때문에 사과할 이유도 없고 그럴 필요도 느끼지 못했다.

"아무튼 경비 절감, 여정의 안전, ……그리고 『깜짝 상자』의 확보!"

"그건 내 거야! 내가 찾았다고! 그와 관련된 모든 권한은 나에게 있다고 주장하겠어!"

"아니, 제일 먼저 보고한 사람은 우리지! 그러니까 우선권은 우리한테 있어!"

"맞아! 넌 그걸 잘 다루거나 연구 성과를 내기에 무리가 있어! 이건 우리한테 맡겨!"

"웃기시네! 가로채고 싶나 본데 그렇게는 안 되지!"

쾅!

우당탕탕!

모두 자리에서 일어나 금방이라도 머리채를 잡고 싸울 것 같던 바로 그때…….

"저기~, 세 분, 다른 손님들한테 피해가……."

"""아……."""

셋 다 무심결에 열을 올리고 말았지만, 결코 개념이 없는 것은 아니었다.

그래서 가게 주인의 말에, 손님이 그럭저럭 모인 술집에서 자신들이 무슨 일을 저질렀는지 깨닫고는 얼굴을 붉혔다.

인간들의 도시에 오는 엘프는 그리 많지 않다. 그렇기에 자신들의 행동이 곧 『엘프의 이미지』를 좌우한다.

15

그 사실을 충분히 알고 있는 만큼, 이러한 실태는 정신적으로 몹시 큰 타격을 주었다.

"……계산을……."

연장자 중 한 명이 그렇게 말하며 계산을 마친 후, 고개를 푹 숙이고 쫓기듯 가게를 빠져나가는 세 여성이었다…….

"야, 저거……."

"아아, 『뾰족한 귀』네……."

"어린애는 머리카락으로 가려서 안 보였지만, 나이 많은 두 사람이랑 반말로 얘기했고 수려한 용모에 절벽 가슴. 분명 셋 다 엘프가 틀림없겠지……."

여성들이 떠난 후, 그때까지 조용히 있던 다른 손님들이 일제히 떠들어대기 시작했다.

……평소에 보기 힘든 엘프가 셋이나, 그것도 험악한 분위기 속에서 언쟁을 벌였으니 다들 긁어 부스럼이라도 만들까 싶어 죽은 듯이 있었다.

그들의 대화에 귀를 쫑긋 세우고 온 신경을 집중하면서, 그들이 알아차리지 못하게 힐끔힐끔 곁눈질하며.

어찌 됐건 엘프는 다들 미인이었다. 그런 엘프가 셋이나 함께 있는 모습을 인간 도시에서 볼 수 있는 기회는 좀처럼 많지 않았다. 모두의 시선이 집중되는 것도 무리가 아니리라.

뭐, 귀를 감춘 소녀를 제외하고 나이 많은 두 엘프는 그런 일에 익숙했기에 인제 와서 새삼스럽게 신경 쓸 리도 없었겠지만.

"야, 이 바보야! 엘프는 귀가 밝아. 가게 밖에 있어도 다 들릴지 몰라! 바람의 정령의 가호를 받아 멀리서 나는 소리도 들을 수 있을지 모르고! 절벽 가슴 같은 소리를 내뱉었다가 행여나 듣기라도 하면……."

"허거걱!"

다른 손님의 비난에 『절벽 가슴』이라고 발언한 남자의 얼굴이 새파랗게 질렸다.

하지만…….

"아니, 괜찮을 거야. 엘프는 거의 다 절벽…… 작아서 엘프 사이에서의 미모, 여성적 매력의 기준과 아무 상관이 없어. 그래서 콤플렉스가 되지 않기 때문에 그런 소리를 좀 들어도 별로 신경 쓰지 않는 것 같더라. 이를테면 인간 여성이 『손이 작네』 하는 말을 듣는 것이나 다름없어서, 오히려 작고 귀엽다며 플러스 요소도 될 수 있다나 봐. 숲에 사는 엘프가 가슴이 크면 화살을 쏠 때 걸리적거리고, 숲을 뛰어다닐 때도 불편하고, 어깨가 뭉치고, 땀띠도 나고, 포복 전진 속도도 느려지는 등 단점이 된다나……."

"""""""진짜?!"""""""

한 사람이 그렇게 설명하자, 깜짝 놀라면서 동시에 안도의 한숨을 내쉬는 남자 손님들.

또 『미남 엘프를 꼬실 수 있을지도 몰라!』 하고 야망을 불태우는, 절벽 가슴의 여자 손님들.

"……그나저나 여자 엘프 셋한테 아무렇지도 않게 쓴소리를 하고 내보내다니……."

""""""""주인장, 리스펙트!""""""""

술집 주인이 대단하게 느껴지는 단골들이었다…….

"아아, 창피해! 언니들 때문에 쥐구멍에 숨고 싶어!"

"야, 너한테도 3분의 1은 책임 있잖아!"

가게를 나와 조금 걷다가, 길바닥에 멈춰 서서 대화를 마저 잇
는 세 여성.

"일단 이번 작전이 끝날 때까지는 휴전하자. 커다란 공통 목적
이 앞에 있으니 사사로운 건 뒤로 미루자고. 아까 하던 얘기는 모
든 일이 끝나고 돌아간 후에 마저 하는 걸로. ……그렇게 정하면
되겠지?"

끄덕.

이렇게 해서 엘프 3인조의 작전이 개시된 것이다…….

# 제101장  엘프 마을

"그래. 인간 도시에서 사는 젊은……『젊어 보이는』엘프 여성들이 엘프 마을로 한 번 돌아가야 하는 모양이야. 정기 보고라는 명목으로 말이지……."

"명목? 그럼 진짜 이유는 따로 있다는 말씀인가요?"

말을 그렇게 하니 궁금할 수밖에 없었다. 솔직한 메비스는 물론 길드 마스터의 말을 놓치지 않았다.

그리고 길드 마스터가 내놓은 대답은…….

"그래. 진짜 목적은 '맞선'이라고 하는군."

"""…………."""


"엘프 새댁?"

"아직 다들 미혼이야!"

마일의 말장난에 의리 있게 받아치는 길드 마스터.

『붉은 맹세』와 오래 알고 지낸 만큼 조련…… 아니 훈련이 아주 잘 된 듯하다.

"아무튼 인간 도시에서 사는 엘프는 몇 없어. 특히 미혼 여성은 아주 드물지. 게다가 내가 아는 한, 장수하고 온화한 성격에 사려 깊은 엘프들은 우리 인간들의 존경을 받고 있고, 드워프를 포함한 『인간종』으로서 소중한 동맹 종족이야. 그러니 마을로 돌아가는 동안 인간의 영역 안에서 무슨 일이 생기면 안 돼. ……내 말이 무슨 뜻인지 잘 알겠지?"

끄덕끄덕끄덕.

"그러니까. 이 의뢰, 받아줘."

설마 거절하진 않겠지, 하는 압력을 넣으며 『붉은 맹세』를 무섭게 쳐다보는 길드 마스터.

딱히 악의가 있는 건 아니다. 이 의뢰를 거절당하면 안 되기 때문에 필사적으로 구는 거지…….

"저기, 이 지명 의뢰는 길드 마스터께서 직접 추천하신 건가요?"

하지만 거기서 마일이 『소박한 의문』을 던졌다.

A등급이나 S등급이면 모르겠지만, 아무리 잘나가는 명물 파티라도 『붉은 맹세』는 C등급 파티였다. 다른 도시, 더욱이 엘프들 사이에서 이름이 알려져 있다고 생각하긴 어려웠다. 그래서 길드 마스터가 『붉은 맹세』를 추천했다고 보는 것은 당연한 흐름이었다.

하지만…….

"아니, 상대 쪽 지명인데? 아무리 인간 전체의 체면과 신뢰가 걸린 문제라지만 어떻게 일개 길드 마스터가 쓸데없이 오지랖을 부려서, 만에 하나 책임져야 할 수도 있는 짓을 하겠어? 영주나 국왕도 아니고……."

"""""그렇죠~?!"""""

절대 나쁜 인물은 아니지만, 길드 마스터는 그런 사람이었다.

＊　＊

길드 지부에서 돌아오는 길.

"그런데 엘프들 사이에도 우리 『붉은 맹세』가 소문났나 보네……."

"굉장해요! 이 기세를 몰아 지명도를 쭉쭉 올리면 장차 상회를 설립했을 때……."

"엘프들 사이에서 유명해지면 기사로 등용될 확률이 올라가겠지! 고마운 일이야……."

"…………."

엘프의 지명이라는 이야기를 듣고 기뻐하는 레나와 폴린 그리고 메비스.

물론 의뢰는 기꺼이 받았다.

살짝 고개를 갸우뚱거리는 마일은 그냥 무시하고…….

'왜 엘프가 굳이 지명을……? 우리에 대해 알고 있고 독신에 『엘프치고는』 어린 여성들…… 앗!'

느낌이 왔다.

……너무 많이 왔다…….

＊　＊

"우리가 의뢰주야!"

"""""나왔다!"""""

그렇다, 출발 날짜가 되어 약속 장소에 나타난 것은 물론…….

고룡과의 최초의 접촉 사건으로 이제는 친숙한, 레나와 거의 비슷한 또래로 보이는 엘프 소녀…….

"크레레이아 박사랑……."

"에이투르, 샤라릴이에요. 오랜만이네요……."

마일을 비롯한『붉은 맹세』가 숲을 조사할 때 짐 운반과 호위 의뢰를 받았었던, 아카데미인가 뭔가 하는 곳에서 연구원으로 일하고 있는, 스무 살 전후로 보이는 두 여자 엘프였다.

""""……역시…….""""

그렇다,『붉은 맹세』가 아는 여자 엘프란 이 셋밖에 없었다.

"그런데 에이투르 씨와 샤라릴 씨는 크레레이아 박사와 사이가 나쁘지 않았나요? 왜 지내는 나라에서 바로 가지 않고 굳이 여기 들러서 크레레이아 박사와 같이?"

""""………….""""

마일의 질문에 대답하는 사람은 없었다.

마일이 이상하다는 표정을 짓자, 폴린이 소맷자락을 잡아당기면서 귀에 대고 속삭였다.

"……돈을 아끼려고 그러는 것 아닐까? 호위 비용, 싸지 않으니까……."

"아!"

그렇다, 한 사람당 하루에 소금화 2닢이니까 네 명이면 8닢. 열흘이면 소금화 80닢. 일본 돈으로 환산하면 80만 엔에 해당한다. 마차 대여비와 마부에게 줄 돈까지 더하면 학자가 부담하기에는 싸지 않다. 적어도 알량한 자존심을 우선할 만큼 싼 금액은……

인간보다 귀가 조금 크고 숲에 살아서 청각이 뛰어난 세 엘프에게는 작게 말한다고 한 폴린의 목소리도 귀에 쏙쏙 들어왔다.

으으윽, 하고 분한 표정을 짓는 세 엘프는 무시하고, 얼른 걸음을 떼기 시작하는 레나.

"가자! 이야기는 걸어가면서도 할 수 있잖아."

그렇다, 가만히 서서 대화하는 것은 아무 돈도 되지 않는『버리는 시간』,『죽은 시간』이다. 그렇게 낭비할 바에야 차라리 종이봉투 접기 부업이라도 하는 게 훨씬 낫다…….

* *

마차 가게에서 예약한 마차에 올라탄 일행은 엘프 마을로 향했다.

말 두 마리가 끄는 마차를 마부까지 포함해 빌렸는데, 물론 돈은 엘프들이 냈다.

이 마차로 엘프 마을과 가까운 도시까지 이동한 다음 거기서부터는 걸어서 이동할 것이다.

딱히 마을의 위치를 감추는 건 아니지만 다른 종족이 너무 드나들어 숲을 훼손하는 것을 바라지 않는지, 숲에는 마차가 다닐 수 있는 길이 정비되어 있지 않다고 했다.

물론 헌터가 마을 근처에서 사냥이나 채취를 하는 것 역시 엄격히 금지하는 모양이었다.

"……마을을 떠나 인간 도시에서 사는 게 금지는 아니지만, 그걸 좋게 생각하지 않는 장로들이 하도 시끄럽게 굴어서……. 그래서 정기적으로 마을에 돌아와 보고도 하고 남자들이랑 대면해야 한다는 조건을 받아들일 수밖에 없었어. 말이 대면이지, 엘프 마을은 인간 도시보다 주민이 적기 때문에 주변 마을의 젊은 남자들은 원래부터 다 아는 사이란 말이야!"

마차 안에서, 예전에 만났을 때와 달리 왠지 일본 여고생 같은 말투로 이번 귀경에 관해 설명하는 크레레이아 박사.

그때의 박사는 『맡은 임무를 수행 중인 연구자』라는 입장이었지만, 지금은 그냥 『단순히 호위를 받는 고용주 여자애』라서 스스럼없이 구는 걸까…….

하지만 어린 소녀처럼 말하는 크레레이아 박사의 진짜 나이를 대충 알고 있는 『붉은 맹세』 멤버들은 미묘한 표정을 지었다.

……아니, 겉모습만 봐서는 별로 위화감이 없지만.

겉모습만 봐서는 말이다…….

"그래서 연구 성과랑 성실하게 잘 사는지, 뭐 그런 보고를 해서 장로들을 납득시키고 아버지도 안심시켜야 하고, 진짜 여러 가지로 힘들다니까……."

그렇게 말하며 의미심장한 눈빛으로 마일을 응시하는 크레레이아 박사.

에이투르와 샤라릴의 눈빛도 수상하게 빛났다…….

"아, 얘네들……."

왠지 이번에 『붉은 맹세』를 꼭 찍어 의뢰한 이유를 알 것만 같은 레나, 메비스, 그리고 폴린이었다.

그렇다, 금전적 문제 이외에도, 사이 나쁜 세 사람이 뭉친 이유를……

또 지명 의뢰를 절대 거절하지 못하게 길드에 압력을 가한 사실도……

"아버지를 안심시키는 건 중요하죠!"

그리고 정신이 맑을 때와 흐릿할 때의 차이가 극단적인 마일이었다……

\* \*

"그럼 출발할게요!"

"""하앗!"""

메비스의 구령에 호응하는 『붉은 맹세』 멤버들, 그리고 고개를 끄덕이는 엘프들.

마을과 가까운 도시에서 마차와 말을 업자에게 맡기고, 마부는 그 도시에서 기다리라고 일러두었다.

……대기 중에도 임금을 받기에 거저 돈 버는 일이었다. 뭐, 대부분은 술집이나 도박장에서 번 돈의 절반을 써버리겠지만……

그리하여 이제부터는 걸어서 이동해야 한다.

엘프들은 모두 마일이 '수납 마법'으로 위장한 '아이템 박스'에 대해 알고 있었다. 그래서 모두의 짐 그리고 기회는 이때라는 듯

무게, 부피, 깨지기 쉬운 것 등을 조금도 고려하지 않고 마구 사들인 지역 특산품을 맡겼다.

원래 숲에서 자연과 더불어 살아가는 엘프는 현금 수입이랄 게 별로 없어서, 인간 도시에 종종 나갈 때 비싼 약초와 모피 등을 싸가 돈으로 바꿔오곤 했다.

그래서 인간 도시에 사는 엘프들이 가끔 귀향할 때 가져오는 선물들을 잔뜩 기대하며 기다린다고 했다. 다만 마지막 행로에서 마차를 쓸 수 없기에 너무 많은 선물을 가져갈 수는 없었는데…….

"후후후, 이번에 다들 깜짝 놀라겠어……."

"그러게요. 무거워서 별로 가져간 적 없던 인간들의 술이라든지 철제품도 많이 샀으니 다들 기뻐할 거예요."

기분이 좋은지, 크레레이아 박사의 말에 샤라릴이 대답했다. 귀향이 성가시고 싫기만 한 게 아니라 나름 즐겁기도 한 듯했다.

그리하여 그들은 마일의 수납 마법을 활용할 수 있는 이번 기회를 놓치지 않겠다며 저축을 깨, 지역 특산품을 마구 사들였다. 귀향하는 자들이 일반적으로 사서 돌아가는 선물의 상식을 훌쩍 넘어 대량으로…….

물론 그렇게 가지고 돌아가면 마일의 수납 마법이 얼마나 비상식적인지 다 들통날 테지만, 이제 그런 것을 신경 쓰는 사람은 아무도 없었다.


\*　　\*

숲에 들어가자 처음에는 어느 정도 좁다란 길이 이어지다가 점점 짐승들이 다니는 길 수준이 되었고, 나중에는 그조차도 없어져 말 그대로 『길 없는 곳』을 헤치고 나아가게 되었다.

딱히 마을의 위치를 숨기는 것은 아니지만 환영하기 힘든 타인이 쉽게 찾아오는 것을 막으려고 일부러 길을 어렵게 하고 같은 장소만 뱅글뱅글 맴도나 착각하게 유도하거나 무의미한 갈림길 또는 길이 아예 없는 것처럼 위장해놓은 것도 있었다.

((((아니 그게 『마을 위치를 숨기고 있는』 거잖아…….))))

그렇게 생각한 『붉은 맹세』였지만, 엘프 팀은 끝까지 『숨기는 것은 아니다』라고 주장했다.

그들의 말에 따르면, 정말 작정하고 숨기려 들면 현혹 결계를 치거나 갑자기 튀어나오는 죽창 등 함정을 설치할 것이라고 했다.

"물론 튀어나오는 죽창에는 독을 바르고, 함정의 바닥에도 죽창을 꽂아 두고요."

""""……살벌하네!!""""

만약 인간이 그런 것을 설치했다가 길 잃은 이웃 마을 사람이나 헌터가 걸리기라도 한다면 큰일이지만, 엘프의 세계에서는 별로 문제 되지 않는 모양이었다.

이 부근의 영토는 일단 인간의 나라이지만 실질적으로는 엘프의 지배 지역으로 자치권을 갖고 있다. 침입자를 어떻게 처리할지는 엘프 측의 자유라고 했다.

인간과는 우호적이고 여러 가지 조약을 맺고 있는 만큼 그런 행동을 자제하고 있을 뿐이지, 『하면 안 된다』라고 정해져 있거나

『불가능』한 것은 아니라는 이야기였다.

"그러니까 웬만한 일이 아닌 이상 엘프 이외의 존재는 마을에 데려가지 않아. 뭐, 우리가 같이 있으니까 이번에는 문제없겠지만. 미리 편지를 보내서 허락도 확실하게 받았고⋯⋯."

물론 편지는 길드에 유치해 두었다가 가끔 누군가가 확인하러 가는 것 같았다. 『우체국 보관 교부』 같은 것이다.

"⋯⋯음?"

얼굴에 물음표를 그리는 마일.

"그 말은, 평소에는 호위를 대동하지 않는다는 뜻인가요?"

"""""""⋯⋯⋯⋯"""""".

아차 하는 엘프 팀 그리고 여태 몰랐냐며 놀란 표정을 짓는 레나 일행.

그렇다, 귀향할 때마다 호위와 마차비로 금화를 몇 닢씩이나 쓰는 것은 너무 부담스러울 것이다.

그래서 가장 가까운 도시까지 승합마차로 오고, 거기서부터는 자기들끼리 이동하는 게 통상적이었다.

가장 가까운 도시까지의 호위는 승합마차의 경영자가 고용해 준다.

물론 그 비용은 승차비에 포함되지만, 직접 마차와 호위를 마련하는 것보다 훨씬 저렴했다.

⋯⋯요컨대 평소에는 마차를 따로 빌리거나 직접 호위를 고용하지 않는다는 얘기다.

"엥? 그게 무슨⋯⋯."

이상하게 여기는 마일에게 샤라릴이 바로 설명했다.

"호위를 의뢰하는 김에 마일짱 일행을 우리 엘프 마을에 초대하자고 생각한 거죠! 숲 학술 조사 때 여러 가지로 도움도 받았으니까!"

"맞아, 맞아! 그때 엘프 마을을 궁금해했던 것 같아서 보답하는 차원으로……."

그리고 에이투르와 크레레이아 박사가 말을 이었다.

"아……."

그 말에 표정이 환해지는 마일.

"저, 정말인가요?! 감사해요! 실은 저,『엘프 마을』에 꼭 가보고 싶었거든요!"

((((((알거든…….))))))

이미 마일 이외에는 모두가 알고 있는『꿍꿍이』에 따라, 엘프 마을로 향하는 일행이었다.


"그런데 엘프 마을은 인구…… 아니,『엘프구』는 어느 정도인가요?"

"뭐야, 그 괴상한 단어는! 엘프랑 드워프도『인간종』이니까『인구』라고 하면 된다고! 세는 단위도『명』이고! 3엘, 4엘 같은 이상한 단위로 세지 말란 말이야!"

크레레이아 박사, 격노했다. 에이투르와 샤라릴은 씁쓸한 미소만 지을 뿐이었다.

"죄, 죄송해요……. 그래서 그, 인구는……."

"금칙 사항이야!"

"네?"

크레레이아 박사가 불쾌하다는 듯 내뱉은 대답에 마일이 굳어 버리자, 옆에서 에이투르가 대신 알려 주었다.

"인구수 같은 건 안전상 아주 중요한 요소잖아. 인간이야 개방된 장소에서 모여 사니까 숨길 수 없지만, 우리 엘프는 일단 마을을 형성하곤 있어도 대부분 주변 숲에 뿔뿔이 흩어져 살고 있으니까. 정확한 수를 감추는 편이 침략자, 습격자에 대항하기에 유리하니까."

"아, 그렇군요……."

도적은 물론이고 영주라 하더라도 엘프를 건드리려는 자는 없을 텐데…….

엘프는 마법에 능한 자가 많은데다가 숲에 대해 잘 알고 신진대사가 원활하지 않은 탓인지는 몰라도 조금만 먹어도 살 수 있으며, ……자존심이 강하고 숲을 사랑하고 동료 의식이 강하다.

이런 그들을 적으로 돌리면 인원을 다소 갖추고 가도 숲에 발을 들여놓자마자 전멸할 것이다.

게다가 순식간에 엘프 씨족 사회 전체에 정보가 퍼져, 모든 나라의 엘프들이 그 인간 조직을 적으로 간주한다.

더 덧붙이자면 엘프는 인간의 존경을 받고 있고, 지혜와 미모 때문에 그들에게 심취한 왕족과 귀족, 기타 권력자들도 많다. 그 중에는 친목을 다지거나 이종족간의 결혼으로 혈연관계를 맺는 자도 있다.

……이 엘프들, ZZANG 센 주제에 너무 신중하다…….

'뭐, 인간은 죽어 봐야 나머지 수십 년의 인생만 잃는 거지만, 엘프는 수백 년의 삶이 없어지는 거니까. 잃어버리는 세월이 너무 많아서 신중할 수밖에 없는 건지도…….'

그렇게 생각하는 마일이었는데, 노인이 청년보다 신중한 것은 당연했다. 사오십 대 인간 따위, 엘프 눈에는 청년은커녕 어린애나 다름없었다.

웬만한 일이 아닌 이상 나이 많은 엘프가 인간에게 다정하고 친절한 것은 할아버지 할머니가 손자뻘을 대하는 마음과 같지 않을까…….

"역시 연륜……."

무심코 그렇게 중얼거리는 마일이었다…….

* *

종일 걸어서 저녁 무렵이 되자…….

"다 왔어. 여기가 우리 씨족 마을이야. 근처에 마을이 몇 개 더 있고, 그 마을들까지 다 합해서 『엘프 마을』이라고 불러. 그중에서 우리 마을이 중심 역할을 맡고 있어서, 엘프 마을의 전체 회의나 축제 같은 건 여기서 열리지. 모든 마을 사람이 모이는 건 뭔가 특별한 이벤트가 있을 때 정도고 평소에는 사람이 별로 없지만, 마을 전체의 의사 결정 기관인 『현인회』 멤버는 과반수가 상주하고 있어. 그밖에는 잡화점도 있고 뭐, 시골에서 마을들의 중심이 되는『읍내』같은 기능은 일단 갖추고 있어. 인간이 생각하는『일반적인 시골 마을』과는 좀 다를지도 모르겠지만."

에이투르가 그렇게 설명했다.

『붉은 맹세』의 눈앞에는 단층 목조 주택 수십 채가 불규칙하게 늘어선 마을이 있었다.

그리고『목조』라고 했지만, 평범한 목조가옥이 아니라 더 자연의 형태인, 통나무가 주체이고 일부에는 각목도 쓴 통나무집이라든가, 가로수를 그대로 활용한 집, 커다란 나무를 외부 구조물의 일부로 썼거나 커다란 나뭇가지 위에 트리하우스를 지었거나…… 무척 다양했다.

건물의 넓이보다는 단순히 비바람을 피하며 머무르는 것만 추구하는, 그리고 자연에 맞서는 게 아니라 자연에 융화되어 사는 분위기의 마을.

"여기가 엘프 마을……."

"왠지 자연에 녹아든 느낌이어서 멋져 보여요……."

"상상했던 대로네……."

"우와아……."

인간이 초대받는 경우는 몹시 드물기에 엘프들의 생활 모습은 그다지 알려지지 않았다. 그러니『붉은 맹세』멤버 모두 감탄하는 것도 무리가 아니었다.

"아무것도 없는, 빌어먹게 지루한 마을인데."

"너무 지루해서, 이딴 데서 평생 사는 건 절대 사양이야!"

"맞아, 난 자극적이고 재미있는 인간 도시에서 살 거야! 그래서 한밑천 벌어서 호화 저택을 지은 다음에 아버지를 모셔와 같이 살 거야!"

……진심을 흘리는 엘프 팀.

여러 가지로 엉망진창이었다…….


마을에 드나드는 사람을 확인하는 문지기가 딱히 있는 게 아니어서 그냥 통과했다.

이런 깊은 숲속에서 조금 위험하지 않은가. 그렇게 마일이 묻자, 마물과 야수에 대한 대비는 철저히 하고 있다고 에이투르가 대답했다.

파수꾼이나 탐지하는 방법이 따로 있는 모양이었는데, 그 부분은 비밀인 듯했다.

방위란 상세한 내용이 드러나면 효과가 떨어지니, 비밀에 부치는 것도 당연하겠지. 그런 얘기를 줄줄 떠들어대는 건 바보나 하는 짓이다.

그렇게 마을에 들어가자…….

"오오, 크레레이아짱, 에이투르, 샤라릴! 그렇구나, 벌써 그 시기가 되었나…….''

그녀들이 정기적으로 마을에 돌아오는 것은 모두가 아는 사실인지, 지나가던 이십 대 초반 남자가 그렇게 말하며 미소로 반겼다.

……어디까지나 마일 일행의 눈에 이십 대 초반으로 보일 뿐, 적어도 크레레이아 박사보다는 나이가 훨씬 많을 테니 실제 연령은…….

"그런데 그 애들이 그?"

남자가 흥미로운 표정으로 마일 일행을 보았다.

"우리더러『그』라니, 이게 다 무슨 소리일까?"

"저희에 대한 정보를 미리 흘린 건가요?"

"……그건 헌터에게 있어서 문제가 되는 행위입니다만?"

레나, 폴린 그리고 메비스까지 의심스러운 눈초리로 엘프 팀을 응시했다. 아니, 노려보았다는 표현이 맞을지도 모르겠다.

그도 그럴 것이, 지명 의뢰를 받아 갔는데 이미 자신들에 대한 정보가 퍼져 있는 것이다. 받은 의뢰와 아무 상관 없는 형태로…….

이는 헌터에 대한 명백한 배신행위로,『속았다』고 판단하여 즉시 의뢰주 측 유책에 의한 계약 파기, 그리고 적대 관계가 되어도 이상하지 않은 상황이었다.

서로 얼굴을 마주 본 다음, 뒤로 확 뛰어 엘프 팀(남성까지 포함)으로부터 거리를 벌리는『붉은 맹세』멤버들. 레나와 폴린은 지팡이를 쥔 오른손을 앞으로 내밀었고, 메비스는 칼자루에 손을 가져갔다.

마일을 제외하고 호위 의뢰는 구실에 불과하다고 짐작했던 세 사람도, 설마 마을 사람들에게『고용한 호위도 동행한다』라는 사실 이상으로 자신들의 개인 정보를 미리 알리는 사전작업을 한 줄은 몰랐던 것이다.

그러니 마을 사람들 모두가 나서서 힘으로 마일을 붙잡아 그 특수한 마법과 능력(가문의 비전)을 캐내려는 속셈이라고 판단해도 어쩔 수 없었다.

그렇다. 『붉은 맹세』는 바로 공격에 나서지는 않았지만, 『기습 공격』을 경계하는 것은 당연했다.

"""아!"""

엘프 3인조는 그제야 자신들의 실수를 깨달은 눈치였다.

"아, 아아아, 아니야! 다른 속셈 같은 거 없다고!"

"마, 마마마, 맞아요! 우리 엘프는 자긍심 높은 종족, 인간을 속이는 짓 따위는 하지 않습니다!"

"오, 오오오, 오해예요!"

필사적으로 변명하는 엘프들.

『붉은 맹세』가 이렇게 반응하는 이유를 알아차린 것이다.

그래서 엘프 팀은 『붉은 맹세』의 경계를 풀게 해야 한다며 황급히 남자를 보내고 변명하기 시작했다.

그들의 말에 따르면 마을 장로에게 부치는 편지(이것도 정기적으로 보내야 할 의무가 있다고 했다)에, 순혈 인간인데도 엘프처럼 기색을 잘 감지하는 것도 모자라 막대한 마력을 갖고 있고 독특한 마법까지 구사하는 자가 있다는 내용을 썼다는 것이다.

심지어 매번 뭘 쓸지 고민하던 셋 다 보고서 내용 대부분을 그 이야기로 꽉 채웠다고…….

그랬더니 마을 이장에게서 답장이 왔다고 한다. 『다음 귀향 때, 그 애를 데리고 와라』라는 지시가 담긴 편지가…….

그래서 절대 뭔가를 계획한 게 아니고 단순히 장로를 만나게 하려고 했을 뿐이라며 고개를 숙이는 엘프 팀이었는데…….

"그래서 사이 나쁜 셋이 함께한 거였군요……."

"그럴 줄 알았다니까⋯⋯."

어이없다는 듯이 말하는 폴린과 레나. 그리고 마일은⋯⋯.

"결국 호위 의뢰라고 속이고 저희를 이곳으로 유인한 건 맞잖아요? 그리고 그 장로인지 뭔지 하는 분이 무슨 속셈으로 저희를 데려오게 한 건지 모르잖아요? 어쩌면 정말 저를 붙잡아 가문의 비전을 억지로 실토하게 할 가능성도 있는 거 아닌가요?"

"아니 우리 엘프는 그런 짓을 절대!"

"하지만 호위 임무라고 속이고 저희를 여기로 데려왔잖아요!"

"윽⋯⋯."

마일의 지적을 필사적으로 부인한 에이투르였지만, 그것마저도 마일에게 묵살당했다.

마일은 착하고 관대한 편이지만 그건 어디까지나『상대에게 악의가 없었을 경우』에 한한다.

그렇다, 마일은 도적의 인권까지 존중해서 동료와 죄 없는 마을 사람의 목숨을 위험에 빠트리는 타입은 절대 아니었다. 그런 부분은 전생(前世)의 미사토였을 때 가졌던 판단 기준이 그대로 이어지고 있었다.

"길드 규약 위반이네. 거짓 의뢰로 헌터를 속여서 자기 동료들이 있는 곳으로 유인하다니. 헌터 그리고 의뢰를 중개한 헌터 길드에 대한 배반 행위이자 선전포고야. 아무리 엘프가 우대받는다지만 이건 그냥 넘길 문제가 아니라고. 왕궁 입장에서야 그래도 문제를 원만하게 해결하라고 할지도 모르지만, 그런 지시는 헌터 길드에서 무시할걸. 못해도 앞으로 이곳 씨족과 관련된 의뢰는 전부 수주 거부. 최악에는 이곳과 관련 있는 상인까지 전부 한편으로 간주하여 모든 수주 거부 대상으로 삼을 수도 있지."

"헉……."

레나의 지적에 할 말을 잃은 엘프들.

그렇게 되면 인간 도시에서 물건을 사는 것도 불가능해진다.

소매상에게서 물건을 사는 것도 엄연한 『상거래』인 만큼 『관련 있다』라고 판단해도 이상하지 않을 테니…….

그런 부분은 규칙을 운용하는 자의 재량 하나에 결정되는 것이다.

엘프에게 물건을 팔면 헌터 길드를 적으로 돌리는 행위로 간주하겠다는데, 사소한 매상 하나 때문에 위험을 무릅쓸 사람은 없겠지.

아무리 숲에서 자급자족에 가까운 생활을 한다지만, 엘프들도 인간 도시에서 쇼핑을 아예 하지 않는 것은 아니다. 역시 농기구나 사냥에 필요한 무기는 금속제로 쓰고 싶을 테고, 그 외에도 이미 손에 익어버린 인간들의 도구를 포기할 수는 없다.

도구는 망가지기도 하고, 또 신제품이 나오면 갖고 싶어지는 법이다. 가끔은 희귀한 식자재와 조미료도 사보고 싶고.

……요컨대 자신들 때문에 엘프 마을이 도시의 상인들과 연이 끊기는 건 큰 문제였다.

"""……."""

엘프들은 설마 그 정도 일이라고는 생각하지 않은 모양이었다.

셋 다 실제 나이는 꽤 될 텐데. 게다가 헌터의 금기사항도 어느

정도 숙지하고 있을 텐데 왜 그렇게 안이하게 생각했을까. 오히려 레나 일행 쪽이 놀라워했다. 호위 지명 의뢰는 마일을 엘프 마을에 데려가기 위해서라고 짐작은 했지만, 그건 어디까지나 세 엘프만의 생각으로 마일에게 아부하면서 이것저것 배우고 싶어서인 줄로만 알았다.

그 정도라면 그리 대수롭지 않은 일이다. 마일이 답례 대신『이 정도라면 알려줘도 되지 않을까?』하는 범위에서 조금 알려 줄 수도 있겠지. 만약 지나치다 싶으면 자신들이 중간에서 막으면 그만이고. ……그렇게만 여겼는데.

그런데 미리 작업해두고 마을 사람들이 한통속이 되어 계략을 꾸민 거라면.

그리고 마일을 데려오는 게 세 엘프의 생각이 아니라 마을 지도자의 지시에 따른 것이었다면.

……그러면 이야기가 완전히 다르다.

그건『덫』이다.

"""……."""

추궁에 어떻게 대처해야 할지 난감해하는 엘프들.

"""…………."""

"""………………."""

마을 어귀에 우두커니 서서 그대로 굳어버린 일동이었는데…….

"계속 서서 얘기하기도 좀 그러니까 일단 어디로 자리를 옮길까요?"

그리고 제1 담당자라고 할까 피해자라고 할까, 어쨌든 이 자리에서 제일 불평할 자격이 있는 마일의 제안에 모두 고개를 끄덕였다……

＊　＊

""""정말 죄송합니다아아~~!""""

촌장 집으로 자리를 옮겨, 또 다른 세 엘프를 앞에 두고『붉은 맹세』에 무릎 꿇고 사죄하는 3인조

정말 악의는 없었던 모양이어서 마일 일행도 그만 창을 거두었다.

단, 이번 일은 큰『빚』으로 간주하여 앞으로 크레레이아 박사와 에이투르 일행이 우쭐대는 순간이 올 때 큰 무기로 작용할 터였다.

현재 자리한 것은 엘프 3인조와『붉은 맹세』이외에 또 다른 세 명의 엘프가 전부였다.

한 사람은 이 집 주인인 촌장. 나머지 둘은 장로라고 불리는 노인과 전투직 느낌이 나는 서른 살 무렵의 남자였다. 그는 분명 장로의 호위겠지.

물론 서른 살로 보이는 남자 그리고 그 비슷한 또래 같은 촌장도 실제 나이는 당연히 외모와 다르겠지만…….

아, 아니 엘프에게는 그 나이도 저 외모에 어울리는 거겠지만, 인간이 보기에는 그렇다는 이야기다.

엘프는 젊어 보이는 상태가 오래 지속되기 때문에 호위로 짐작되는 남자와 촌장은 겉으로는 또래로 보여도 아마 실제 나이 차

이는 상당할 것이다.

그리고 겉으로 봐도 노인인 장로는 정말 어마어마하게 나이가 많겠지. 어려 보이는 기간이 지나 인간보다 조금 느리게 노화가 진행되고 있는 나이란 거의 엘프 인생의 종반이다. ……뭐, 어린 외모에 『장로』라고 해도 위화감이 들지만…….

"정말 미안하네! 난 그저 '그 소녀'를 마을에 데려오라고 했을 뿐이라, 당연히 잘 설명하고 초대한 줄로만 알았지. 그런데 저 녀석들이……."

그렇게 말하며 손에 든 지팡이로 3인조의 머리를 톡 때리는 장로.

"뭐……. 세상 물정 모르는 애가 한 거니까……."

촌장이 감쌌는데, 그 말은 지금 해서는 안 되는 것이었다.

"어리석기는! 그 말을 해도 되는 건 피해자인 저 인간 아이들뿐이야! 가해자 측에 있는 네가 피해자 앞에서 할 말이 아니라고! 누가 더 물정을 모르는 건지 모르겠구먼!"

그렇지 않아도 레나 일행은 촌장의 말에 약간 욱하고 있었는데, 역시 장로는 연륜이 있는 듯했다. 장로의 말에 촌장이 허둥지둥 사과해서 모두의 기분도 풀렸다.

"솔직히 말해서 거절당하면 안 된다는 생각에……. 예전에 마을에 초대한다는 조건으로 이상한 마법에 대해 알려달라고 했다가 거절당한 적이 있어서……."

에이투르의 말에 과연 그런 일이 있었지, 하고 기억을 떠올린 『붉은 맹세』.

그건 조금 정상참작의 여지가 있었다.

게다가 아무리 실제 나이가 마일 일행의 몇 배라지만, 엘프 중에서는 아직 어린 나이겠지.

다섯 살짜리 인간과 다섯 살짜리 늑대 중에 누가 더 어리게 행동하겠는가?

엘프 3인조는 아직 자기 수명의 1할 정도밖에 살지 않았으리라. 다시 말해 그것은 인간으로 치면 열 살 미만에 해당한다고 볼 수 있다.

'어쩔 수 없나…….'

마일은 정말 악의가 없었던 듯한 세 사람을 용서해주기로 했다.

"그럼 오늘은 이 정도만 할까!"

엘프 삼인방은 그게 뭐야~~, 하고 생각하면서도 말로 내뱉을 수 있는 상황이 아니었다. 결국 묵묵히 납작 엎드리는 세 명의 엘프 소녀(?)였다…….

\* \*

"……그래서 장로님이 저희를 만나고 싶어 하신 이유는 뭐죠?"

기운이 빠진 『붉은 맹세』는 일단 촌장과 장로에게도 사과받은 후, 약초차와 과자(옥수수 같이 생긴 것을 가루 낸 다음 나무 열매를 넣고 반죽해 구운 것. 굉장히 맛있다)를 먹으며 대화를 시작했다.

레나도 상대가 고령의 엘프이다 보니 경어를 사용했다.

평소에는 어린 여자애라고 얕보지 않도록 일부러 날이 선 말투를 쓰지만, 정중한 말투도 쓸 줄 안다. 옛날에 아버지를 도와 접객도 했으니까……

게다가 엘프인데 그런 외모의 나이라면, 인간으로 따졌을 때 『수십 세대 전에 살았던 조상님』이나 마찬가지이니 거의 신의 영역이었다. 무례하게 굴 수 있을 리가 없었다.

"으음, 그게 말이지…… 잠깐만 기다려 주게."

킁킁

"앗?"

장로가 갑자기 자신 쪽으로 얼굴을 들이밀고 냄새를 맡자 정색하는 마일.

그리고…….

"음, 역시 크레레이아가 편지에 쓴 내용대로인가. 자네, 어느 씨족의 계루(繫累)인가?"

그 말을 들은 마일이 소스라치게 놀랐다.

"냄새가 나나요?! 저, 역시 엘프 냄새가 나는 건가요오오오오오오!"

""""잠까아아아안!""""

『엘프 냄새』라는 강력한 단어에 격분하는 엘프 3인조.

"야! 너희, 좀 진정하라고!"

여성에게는 몹시 민감한 화제라 참견해야 할지 순간 주저한 장로와 촌장을 대신해서 레나가 버럭 화를 냈다.

그리고 메비스가 혼자 중얼거렸다.

"대화에 진전이 전혀 없잖아……."

"……그래서 저희는 귀족의 적통이기 때문에 적어도 열 세대 이내에는 인간 이외의 피가 섞이지 않았을 텐데요……."

마일이 예전에 베레데테스에게 했던 설명을 똑같이 하자, 장로와 촌장이 고개를 갸우뚱거렸다.

당시에 크레레이아 박사도 같이 들었는데, 편지에는 그런 내용을 쓰지 않았던 걸까…….

"하지만 동족의 냄새……, 아, 아니 진짜 의미로 『냄새』를 말하는 게 아니라 기색이랄까 파동이랄까 그런 게 느껴지는데 말이지……."

장로의 말에 고개를 끄덕이는 촌장 포함 다른 엘프들.

"그렇게 말씀하셔도……."

아마 『신』이 엘프와 드워프의 데이터까지 『평균치』에 포함한 탓이라고 짐작하긴 했지만, 어디까지나 추측일 뿐 근거가 없었고, 애당초 그런 이야기를 할 수 있을 리도 없었다. 그래서 그렇게 대답할 수밖에 없는 마일이었는데…….

"그런데 드워프 냄새도 좀 나지 않아요?"

"음, 과연……."

"아, 역시 나만 그렇게 생각한 게 아니었구나……."

샤라릴의 말에 연이어 동의하는 엘프들.

그리고…….

"""""""아…….""""""""

마일이 테이블에 확 엎드렸다.

"아니, 그러니까 대화에 진전이 전혀 없다고……."

그리고 메비스의 말이 공허하게 메아리쳤다…….

* *

"으음, 흠흠~! 그럼 다시 원점으로 돌아와서……."

어쩔 수 없이 당사자인 마일이 사회를 맡아 대화를 진행하기로 했다. 그게 제일 빠를 것 같았으니까…….

"우선 저는 엘프와 아무런 혈연관계가 없어요. 적어도 열 세대 이내에는……. 물론 드워프도 마찬가지고요."

마일의 말에 순순히 고개를 끄덕이는 엘프들.

그들도 『왠지 그런 분위기가 조금 느껴진다』라는 정도였지 동포들에게서 느껴지는 『엘프의 파동』을 똑같이 느낀 것은 아니었던 모양이라서, 어쩌다 우연히 엘프에 가까운 체질로 태어났거나 아니면 아주 먼 옛날에 섞인 피가 아주 조금 남아 있었는데 그것이 어쩌다 격세유전으로 조금 강하게 나왔다고 보는 듯했다.

이렇게 해서 장로가 궁금해하던 안건 중 하나는 정리되었다.

아무래도 소속 씨족의 관리에서 벗어난 하프 또는 쿼터가 인간 도시에서 제멋대로 사는 게 아닌가 걱정했던 것 같았다.

엘프의 비전이나 엘프 장로급 또는 『현인회』 사람들에게만 전해지는 비술을 누설한다거나 남이 보는 앞에서 마구 써대는 걸 그냥 놔둘 수 없으니, 그걸 염려한 모양이었다.

또 겉으로 봤을 때 12~13살 정도밖에 되지 않는 인간이 고도의 마법을 쓴다고 하니, 엘프 세계에서도 옛날이야기에나 등장하고 과거나 지금이나 실재하는지 확인되지 않은 마법인『회춘 마법』의 존재 가능성 역시 살짝 의심했다고 한다. ……살짝, 아주 살짝…….

인간보다 수명이 몇 배는 더 긴 엘프도 회춘에 관심이 있는 걸까.

아니, 장수해서 젊은 모습으로 지내는 기한이 긴 만큼, 급속한 (엘프가 보기에 급속할 뿐, 인간보다는 느리다) 노화가 진행되기 시작하면 오히려 더욱 회춘이 절실한지도 모른다.

아무리 수명이 길어서 지루함을 주체할 수 없다고 해도 이건 또 다른 문제겠지…….

한편 말도 안 되는 것으로는『회춘 마법』과 쌍벽을 이루는, 신대(神代)에 있었다는 전설의 종족,『하이엘프』의 피를 이어받은 자일 가능성.

물론 그런 자가 이 시대에 정말 존재한다고 믿는 엘프는 거의 없지만, 아주 희귀하게 그 피를 이어받은 자가 있을 확률이 절대 0이 아니라고 보는 자도 없지는 않을 터였다.

"그럼, 다음 안건으로……."

그렇다, 세 엘프가 보고했던, 틀림없이 존재하며 격한 흥미를 일게 하는 것.

엘프의 기나긴 인생에서 따분함을 날려줄 수 있는 새로운 것.

그리고 다른 엘프 씨족에게서 유출된 비전일 가능성도 부정할 수 없는, 자신들은 모르는 새 마법 기술.

그것이 장로를 비롯하여『현인회』가 마일을 마을로 초대하려고 한 최대 이유였다.

"크레레이아 박사, 에이투르 씨, 샤라릴 씨에게 보여드렸던 것은 일반인에게는 알려지지 않은 마법인데, 그건⋯⋯."

마일의 말에 침을 꿀꺽 삼키는 장로, 촌장 그리고 세 소녀.

"가문의 비전입니다!"

"""역시!"""

"⋯⋯그럴 줄 알았지."

그것 말고 다른 대답 따위가 있을 리 없다.

당연히 대답을 이미 알고 있던 레나 삼인방이었다⋯⋯.

* *

"""그 부분을 어떻게 좀!"""

장로와 촌장이 머리를 조아리며 애원했지만 그리 쉽게 알려 줄수 있을 리가 없었다.

"문외불출이라『비전』인 거라고요! 엘프 여러분의 비전을 전부, 하나도 빠짐없이 인간에게 공개하실 수 있나요?"

"아, 아니, 그건 좀⋯⋯."

마일의 반론에 말문이 막힌 장로와 촌장.

엘프 3인조는 이번 일에 관여하지 않을 모양이었다. 아마도 마일이 절대 승낙하지 않을 거라고 여겼거나, 나중에 자신들한테만 몰래 알려달라고 할 생각이겠지.

인간보다 훨씬 마법이 뛰어난 자신들이 모르는 마법을 인간이 알고 있어서 참을 수 없었는지, 아니면 단순히『재미있을 것 같아서』관심을 보이는 것인지는 몰라도 장로와 촌장이 너무 집요하게 굴자 마일은 질겁했다.

뭐, 크레레이아 박사와 에이투르, 샤라릴도 처음에는 똑같은 반응이었으니 이게 보편적인 반응일지도 모르지만, 그렇다고 해서 요구에 따라야 할 이유는 없다.

설령 그것이 정말로『가문의 비전』이든, 그 이상으로 위험한『지구의 (지식에 의한) 비전』이든 간에…….

그래도 첫 대면부터『현인회』사람 모두가 인간 소녀를 포위하는 것은 심하다고 판단해서 장로와 촌장만 대표로 나온 것이기 때문에, 여기서 물러서면 모두를 볼 낯이 없다는 말을 들은 마일이었는데…….

'내가 알 게 뭐람…….'

그렇다, 그건 어디까지나 저쪽이 자초한 사정이지 마일이 알 바 아니었다.

……마일은 이제 3인조 쪽에는 별로 화나지도 않았다.

그건 3인조가 각자 편지에『왠지 엘프의 기운이 느껴지는 아이가 있다』,『처음 보는 마법을 쓴다』,『엄청난 마력』같은 보고를 하긴 했어도 구체적인 내용, 그러니까 탐색 마법이라든지 페이저 빔(위상광선) 등에 대해서는 일절 언급하지 않았기 때문이다.

그렇다, 고용한 헌터의 비밀과 특기를 다른 사람에게 떠벌리는 헌터의 금기를 건드리는 짓만은 피해야 한다. 아슬아슬한 그레이존이었지만 구체적인 언급은 피했으므로 패스…….

만약 그것을 깼다면 천하의 마일도 용서하지 않았으리라.

그래서 이제 남은 것은 장로 일행을 어떻게 다루는가 하는 문제뿐이었는데, 딱히 깊이 고민할 필요는 없었다.

"자기들은 안 가르쳐 줄 거면서 저보고는 비밀을 가르쳐달라니, 말이 안 되잖아요? 그럼 전 이만~!"

그렇다, 자리를 뜨면 그만이다.

딱히 장로도 촌장도, 그리고 이곳 촌장의 집도 이번 의뢰와는 아무런 관련이 없다. 그러니 얼른 이곳을 나가, 귀환하는 날까지 근처 숲에서 야영하면 될 일.

아무리 속았다고는 하지만 의뢰 자체에는 딱히 불평할 만한 구석이 없었기에 일단 돌아갈 때 호위도 맡을 예정이었다.

의뢰주 측 과실이기에 『붉은 맹세』 측에서 수주한 의뢰를 취소하여 돌아갈 때 호위를 하지 않아도 길드에 클레임을 걸면 보수금이 전액 지급되지만, 엘프 3인조를 호위하지 않고 돌아가려니 왠지 마음이 찜찜했기 때문에 수주한 일은 끝까지 맡기로 했다.

실제 나이는 차치하고 엘프 3인조의 겉모습은 어린 여성들, 그것도 모두 미인들이어서 도적뿐 아니라 여러 가지로 시비 걸릴 확률이 높았다. 자신들이 호위 임무를 내팽개쳤다가 무슨 일이라도 생긴다면 마음이 불편할 터다.

……그렇다, 껄떡대던 남자들이 거의 시체가 되거나 재기불능이 되었을 때 말이다…….

붙잡으려 드는 장로와 촌장을 무시하고, 재빨리 촌장의 집에서 나오는 『붉은 맹세』와 그 뒤를 따르는 엘프 3인조.

그렇다, 물론 크레레이아 박사 일행은 가야 할 곳이 있었기에 『붉은 맹세』와 헤어질 수 없었다.

……마일의 아이템 박스에 보관한 선물을 각자의 집에 주러 가야 하는 것이었다.

* *

"나 왔어!"

자기 집이어서인지 노크도 없이 문을 활짝 열어젖히는 에이투르.

문을 열면 바로 거실인지, 서른 전후로 보이는 부모님과 14~15세 정도 된 남동생으로 짐작되는 사람이 놀란 표정으로 우리를 쳐다보았다.

"오오, 에이투르, 잘 돌아왔어! 그분들이 네가 말한?"

"아, 응……."

가족에게 부친 편지에도 『붉은 맹세』에 대해 쓴 모양이었다…….

하지만 마일 일행은 딱히 3인조의 가족과 친해질 생각이 없었다. 그래서 얼른 용무를 마치기 위해, 마일이 아이템 박스에 넣은 물건을 꺼냈다.

"으음, 에이투르 씨가 맡기신 건 이것뿐이죠?"

"아, 응, 고마워!"

""""아앗…….""""

갑자기 나무상자, 냄비, 칼, 오래 보존 가능한 식품과 기타 여러 가지 물품들이 눈앞에 산더미처럼 쌓이자 너무 놀라 눈이 휘둥그레진 에이투르의 가족들.

"이, 이건……."

물론 그게 전부 에이투르가 가져온 선물이라는 건 알고 있으리라. 놀란 건 그것들을 넣어온 수납 마법의 어마어마한 용량이었다.

게다가 자기 딸 것만 있는 게 아니지 않은가.

그렇다, 보통은 샤라릴과 크레레이아가 집에 줄 선물도 비슷한 양일 게 틀림없다고 생각하기 마련이었다.

하지만 어떻게 생각하든 마일 일행과는 별로 상관없는 일이었다.

그들은 그럼 이만, 하고 가볍게 오른손을 든 후 에이투르를 남겨두고 다음 집으로 향했다.


샤라릴의 집에서도 똑같은 과정을 반복하고, 마지막 장소인 크레레이아 박사의 집에 온 일동.

"나 왔어~!"

문을 열고 뛰어 들어가 아버지의 배에 머리를 찰싹 붙이고는 마구 비비는 크레레이아 박사.

문질문질.

문질문질.

문질문질문질문질…….

쿵쿵!

이대로는『문질문질』이 끝도 없이 이어질 거 같아서『붉은 맹세』는 얼른 선물을 내려놓고 자리를 떴다.

그녀의 아버지가 미안한 표정을 지으며 머리를 숙였다. 늘 있는 일이겠지…….

＊　＊

"……이제, 어쩌지?"

"어떻게 할까요?"

"어떻게 할까?"

"으으음……."

원래는 돌아가는 날까지 엘프 마을을 견학하면서 어떻게 사는지 구경하고 나이 지긋한 사람에게 옛날이야기도 들을(수백 년전 일을 당사자에게 직접 들을 기회는 흔치 않은 만큼 마일 이외의 멤버도 몹시 기대했다) 계획이었는데, 아무래도 마을 상위층은 마일에게서『자신들이 모르는 마법』에 대한 정보를 얻으려는 것 같아서, 괜히 얽히거나 부탁을 받게 되면 곤란할 듯했다.

그렇다, 장로와 촌장뿐 아니라『현인회』라는 수상쩍은 이름이 등장한 것을 보아, 그들 이외에도 마을의 발언력 있는 존재가 같은 생각을 하는 듯했다.

"……그런데 그 사람들, 인간을 너무 얕보는 거 아니야? 아무 상관도 없고 초면인데, 마일한테 가문의 비전을 가르쳐 달라고 하질 않나……. 심지어 자기들은 아무 대가도 제공할 생각이 없다고 하고, 뚜껑 열리네."

"인간을 얕본다기보다 어린 우리를 얕보는 거겠지. 그들한테 우리는 어린애나 다름없으니까. 어린애가 손에 보석을 쥐고 있는 걸 보면 어디, 잠깐만 좀 구경할까 하면서 만지잖아? 그런 느낌이 아닐까……."

"""아~……."""

레나의 푸념에 메비스가 대답하자 자연스레 납득하는 세 사람.

그렇다, 이것만으로는 악의가 있는지 어떤지 알 수 없다.

물론 그 후에 그 보석을 빼앗거나 어디서 주웠는지 바른대로 말하라고 추궁할 가능성도 있지만…….

"그런 악의는 없었던 건지도 모르죠……."

"응, 원래 나이 많은 엘프는 야망이랄지 욕망 같은 게 별로 없다고 하니까. 그 젊은 3인조는 왜 그런지 야망과 욕망이 철철 흘러넘치는 것 같았지만……."

마일의 의견에 동의하는 폴린.

그리고 크레레이아 박사 일행에 대한 평가가 너무 심했다. 자기도 남 말할 처지가 아니면서…….

『붉은 맹세』는 모처럼 엘프 마을에 왔으니 일단 주변을 구경하기로 했다.

인간이 엘프 마을에 오는 것은 흔치 않으므로 주민들이 경계할수도 있지만, 산책 정도는 괜찮지 않을까 생각했다.

아니, 동맹을 맺은 우호 종족인 만큼 그렇게까지 경계하지는 않을 것이다. 게다가 그들 눈에는 어린애로 비치는 인간이니……

그래도 혹시 모른다며 레나가 촌장에게 가서 미리 허락을 구했다.

전에 촌장 집에서 그렇게 나오는 바람에 조금 어색하기는 했지만, 그때 나눈 이야기의 내용상 촌장 쪽이 을의 입장이었기에 다소 강하게 나가며 요구해도 괜찮겠다고 판단한 것이었다.

딱히 감춰야 하는 부분도 없고 마일 일행을 불쾌하게 만들면서까지 거부할 일은 아니었겠지. 촌장은 곧장 허락해줬지만, 레나는 지난번 이야기를 또 꺼내기 전에 집을 재빨리 빠져나왔다.

그 후 마을을 산책하는 마일 일행이었는데……

인구가 적어서인지 다니는 사람이 별로 없었고 아이의 모습도 보이지 않았다.

"……연령 분포로 생각해볼 때 실제 연령이 14세 이하인 엘프가 그리 많이 있을 리도 없겠군요……"

마일의 말대로였다.

단순히 비례 배분하면 평균 수명이 50세인 인간 100명 중 14세이하는 30명이 조금 안 되고, 평균 수명이 800세인 엘프 100명

중에 14세 이하는 두 명이 채 안 된다.

　뭐, 사망률이 높아 실제로는 아이의 비율이 조금 더 높겠지만, 인간의 정의에서 말하는 『14세 이하 미성년자』의 수는 10배 이상 차이가 나도 이상하지 않다.

　"어린 엘프라……."

　"아, 찾았다! 뭐야, 왜 마음대로 사라지냐고!"

　마일이 뭐라고 중얼거리고 있는데, 크레레이아 박사와 에이투르, 샤라릴이 다가왔다.

　"자, 내일 있는 '대면'에 대비한 대책 회의를 시작하자!"

　""""엥?""""

　처음 듣는 이야기를 기정사실처럼 지껄여대는 크레레이아 박사 그리고 고개를 끄덕이는 에이투르, 샤라릴.

　"대면이라니?"

　그러고 보니 마차 안에서 그런 소릴 했었다. 그리고…….

　"아, 그러고 보니 길드 마스터가 말했었어……."

　""""맞선?""""

　그런데 그게 자신들과 무슨 상관인가?

　도통 이해되지 않는 마일 일행이었다…….

　"저희랑은 상관없잖아요?"

　메비스가 그렇게 입바른 소리를 하자…….

　"친구니까 도와달란 말이야!"

　"호위로 고용됐으니 우리에게 위기가 닥치면 두 팔 걷어붙이고 구해주는 거야 당연하잖아요!"

"우리가 뭘 위해서 굳이 큰돈을 써가며 별로 필요도 없는 호위를 고용했다고 생각하나요!"

아무래도 3인조의 진짜 목적은 이것인 모양이었다. 딱히 장로의 명령에 따른 게 아니라,『데려오는 허락을 구하는 수고를 덜었네, 오예!』하는 정도였던 모양이다.

그래서 촌장 집에서 이야기할 때는 간섭하지 않았던 거다…….

"자, 아무도 없는 곳으로 가자!"

크레레이아 박사가 그렇게 말하며 마일의 손을 잡아당겼다.

"앗, 아, 아아앗……."

당황하는 마일.

"어쩔 수 없네. 일단 이야기는 들어줄게……."

평소 같으면 제일 화낼 레나가 무슨 영문인지 몹시 배려 깊은 말을 꺼냈다.

"네. 곤란한 상황 같기도 하고. 게다가 무엇보다도……."

이어서 폴린과 메비스가 말했다.

"응, 재미있을 것 같으니까!"

\* \*

"……그렇구나, 인간 도시에서 살고 싶어 하는 말괄량이를 돌아오게 하려고 대면(맞선)을 강제한다는 거군."

크레레이아 박사 일행의 설명에 마침내 사정을 파악한『붉은 맹세』.

에이투르와 샤라릴은 한참 전에, 그리고 외모는 십 대 중반인 크레레이아 박사 역시 이미 결혼 적령기에 접어든 것이었다.

……말이『적령기』일 뿐, 기간이 600년 가까이 되는 모양이지만.

엘프는 수명이 너무 길어서 한 상대와 평생을 함께하는 것이 고통일 수도 있기에 파트너가 여러 번 바뀌는 모양이었다.

헤어진다지만 끝이 험한 이혼이 아니라 원만하게, 나쁘지 않은 사이로 헤어지고 그 이후부터는 친구로 계속 교류하는 것이 대부분이라고 했다. 뭐, 쉽게 욱하는 나이가 아닐 테지…….

물론 어느 한쪽이 먼저 죽을 때까지 계속 한 사람과 함께하는 엘프도 있고, 상대가 죽은 후에도 재혼하지 않는 엘프도 있는 듯하지만, 인간과 달리 남겨진 엘프의 여생이 지나치게 긴 데다 육체도 아직 젊기에 그런 예는 드물다고 했다.

아마 수명이 긴 만큼 그런 부분은 종족의 사고방식이 인간과 근본적으로 다르겠지.

그런 종족이니까 딱히 급하게 결혼시킬 필요는 없지 않나, 하는 생각이 드는데, 적어도 200~300살 정도가 될 때까지는 말이다…….

하지만 몇 번, 몇십 번 결혼하는 엘프에게도『첫 결혼』은 특별한지, 가족 친지를 비롯해 많은 이들이 간섭하고 시끄럽게 군다는 모양이다.

……아무튼, 마을의 연장자들과 어린 미혼 여성이 하나둘 인간 도시로 떠나 곤란한 독신 남성들이 서로 미리 짜고, 『첫 결혼을 해도 이상하지 않은 나이의 여성』을 정기적으로 마을에 돌아오게

하여 이웃 마을의 숫총각과 대면을 해야 한다는 규칙을 만든 것은 이미 먼 옛날의 일이다.

아마도 마을을 떠나 인간 도시에 가고 싶어 하는 건 여성 쪽이 많고, 남성은 보수적인 사고를 가진 자가 많은 듯했다.

그리고 남녀 모두 초혼은 초혼인 자들끼리 하는 것이 관습이었다.

……그야 그렇겠지. 그런 규칙이 없으면 젊은 남자가 경험이 풍부하고 재력도 있는 연장자들을 어떻게 이기겠는가. 외모와 육체적 노화는 아직 수백 년간 찾아오지 않을 것이므로 그런 부분에서 불리한 점도 전혀 없으니까…….

게다가 젊고 믿음직하며 조건 없는 사랑을 주는 아버지라는 존재 때문에 엘프 소녀 중에게 파더 콤플렉스가 많은 것은 청년들에게 있어서 치명적이었다.

"아무튼 매번 만나는 남자마다 치근덕대고 자꾸 들이대서 힘들어. 마을 밖으로 한 번이라도 나가려고 하지 않고, 아내에게 집안일을 전부 떠맡기고 자기는 마음대로 즐기면서 살려고 하는 애송이들……."

그렇게 말을 토하는 에이투르.

"그건 엘프 사회에 남존여비랄까, 여자는 집안일을 하고 애만 키우면 된다는 풍조가 있기 때문인가요?"

"""…………."""

마일의 질문에 엘프 3인조는 괴로운 표정을 지으며 침묵으로 대답을 대신했다.

""""……………."""""

그리고 그 모습에 역시 침묵하는 『붉은 맹세』.

그건 인간들도 마찬가지였다.

메비스가 기사가 되는 것을 허락받지 못해 가출한 것도, 폴린이 아버지의 가게를 남동생에게 맡기고 자신은 새로 상회를 세우려고 하는 것도 그런 부분과 맞닿아 있었다.

"……더 자세히 얘기해줄래……?"

이야기가 흥미롭다며 레나가 혹해서 달려들었다.

메비스와 폴린도 왠지 궁금한 눈치였다.

＊　＊

"그렇구나……."

엘프 3인조에게 자세한 이야기를 들어보니 딱히 다른 이상한 꿍꿍이는 없어 보였다.

"……그런데……."

""""길어! 엘프의 결혼 적령기, 너무 길다고!"""""

"인생의 4분의 3 이상이 결혼 적령기라니?"

"『노처녀, 노총각』 같은 개념이 존재하지 않는 종족인가?"

"굉장해! 너무 굉장해……."

하고 싶은 말을 다 쏟아내는 마일 일행.

물론 정말로 놀란 것도 있지만 농담이라고 할까, 반쯤은 놀리고 있었다.

그것을 알아차린 엘프 3인조는 아주 살짝 기분이 언짢아졌다.

"아무튼 여자는 태어난 마을을 떠나서는 안 되고, 자기 마을이나 이웃 마을 청년과 일찍 첫 결혼을 마쳐야 한다는 옛 풍습을 억지로 강요하는 노인네들, 초혼 상대를 찾고 있는 남성과 그 가족들의 공격을 꺾기 위해『수명이 아주 짧은 인간들도 젊은 여성이 태어난 마을에서 벗어나 다양하고 깊은 연구를 쌓아가는 것이 일반적이다』,『이 아이들은 수명의 4분의 1 가까이 살았는데도 아직 첫 결혼은커녕 남자 그림자조차 구경 못 했다. 그래도 이게 일반적이고, 부모와 주변 사람들도 뭐라고 하지 않는다』라고 강하게 주장할 때 옆에서 동조해주길 바라는 거야. 부탁이야, 여기에 우리의 미래가, 인생이 달렸어!"

그 부탁은 결코 거짓이 아니었으며, 그녀들의 심정도 알 것 같았다.

"……우릴 조금 우습게 보는 듯한 기분도 안 드는 것은 아니지만……."

아까 놀린 것에 대한 복수인지,『남자 그림자조차 구경 못 했다』라고 딱 잘라 한 말에 레나가 그렇게 중얼거렸지만, 아직 수명의 10분의 1도 살지 않았는데 하고 싶은 일을 방해받고 억지로 결혼하고 남은 인생을 남편 뒷바라지에 바치라고 강요받기도 싫은 그녀들의 마음은 충분히 이해했다. 종족은 다르지만 같은 여성이자, 꿈을 향해 열심히 달려가는 젊은이로서.

그래서…….

""""우리만 믿어!""""

레나를 비롯한 네 사람이 입을 모아 소리쳤다.

＊　＊

"모두 잘 와주었네……."

다음 날, 마을 집회소에 모인 모두에게 장로가 훈시를 시작했다.

이 마을의 미혼 남녀뿐 아니라 이웃 마을에서도 참석한 만큼 지금은 촌장이 아닌 장로가 나설 차례였다.

물론 결혼 경력이 길고 횟수도 많은, 그쪽으로 대선배라는 의미도 담아서.

모인 사람은 장로를 제외하면 이웃 마을에서 온, 아직 초혼하지 않은 젊은이들.

……말이 『젊은이』이지, 엘프라서 인간의 나이로 따지자면 중년은 고사하고 초로도 지난 나이지만, 겉모습은 아직 미성년(15세 미만) 또는 많아 봐야 스무 살 전후로밖에 보이지 않아서 위화감이 없었다. 언뜻 보면 그저 평범한 짝 찾기 파티였다.

참가자 수는 그리 많지 않았다.

원래 엘프 자체가 많이 없고 나이 폭이 무척 크기 때문에 참가를 강요받는 『초혼 경험이 없는 결혼 적령기의 엘프』 등 한정된 조건에 합치하는 사람이 그리 많을 리 없다. 대부분 『이미 옛날에 첫 결혼을 했고, 현재 몇 번 이상 혼인했거나 다음 상대를 찾기 전까지 자유의 몸』인 자들이었다.

그래서 이 마을뿐 아니라 이웃 마을까지 합동으로 행사를 치르는 것이었다.

물론『한마을 안에서만 결혼하게 되면 새로운 피가 섞이지 않아 종족적으로 쇠퇴한다』라는 선조의 전언도 관련 있었다.

옛날에 고도의 문명이 존재했던 세계인 만큼, 그런『종의 존속을 좌우하는 중요한 지식』은 잘 전해 내려오고 있는 듯했다.

그리하여 회장에는 장로와 참가자, 특별 초대 손님인『붉은 맹세』이외에 시중 역할,『선동 역할』,『등 떠밀기 역할』등을 맡은, 꽤 나이 있는 여성들밖에 없었다.

……엘프 남성은 어린 여성을 그리고 어린 여성은 아버지처럼 믿음직스러운 나이대의 남성을 선호하는 경향이 있기에, 아마도 참가자가『대상에서 벗어난 인물』에게 마음을 빼앗기는 것을 막기 위해서인 듯하다.

엘프 중에 마더 콤플렉스인 남성은 별로 없지만, 파더 콤플렉스인 여성과 시스터 콤플렉스인 남성은 많았다.

……엘프.

참으로 음침한 종족이다…….

＊　＊

장로의 훈시가 끝난 후 자유시간이 되었다.

이다음에 여러 가지 이벤트가 준비된 모양이었는데, 참가자 대부분이 원래부터 잘 아는 사이였다.

이 대면 자체가 정기적으로 열리는 데다가 같은 마을 사람은 물론이고 이웃 마을 사람 중에도 지인이 꽤 많은 것이다.

아무리 엘프치고는『어리다』고 하나 수십 년을 여기서 살고 있으니 그야 다른 마을 사람과도 친분을 트게 될 기회야 많을 것이다. 축제라든지 합동 사냥 대회라든지 온갖 교류회, 흉작일 때 서로 돕기 위한 교류, 그리고 미래를 위해 아이들끼리 친구가 되게 만드는 행사 등…….

그렇게『원래부터 잘 알고, 아주 친한 사람들』이 일단 술부터 한잔하면서 환담하며 좋은 분위기로 만드는 노림수겠지.

그리고 술기운이 조금 돈 시점에서 더 부추기거나 처음 만나는 사람들끼리 말을 트는 계기를 만들기 위해 어떤 이벤트를 연다.

이런 세계, 이런 시대치고는 상당히 선진적이다. 여러 가지로 고민하고 생각하는 이유는 역시 저출산 문제 때문일까…….

"과연 엘프. 연륜이 있는 만큼 생각이 깊네요……."

"나이를 허투루 먹는 건 아니라는 걸까요……."

마일과 폴린이 적당한 비평을 했지만 들은 사람이 없어 문제 되지 않았다.


"크짱, 오랜만이야! 지난번『대면』이후로 처음 보는 건가?"

"오옷, 훈남 등장!"

『붉은 맹세』쪽에 서 있던 세 엘프 소녀에게 10대 후반 정도의 소년(아마 실제 나이는 수십 살)이 다가와 크레레이아에게 말을 걸었다.

그리고 반사적으로 소리치고 만 마일.

그렇다, 엘프는 다들 미남미녀이다.

지금까지 만난 나이 많은 엘프들도 다들 잘생겼었지만, 그들은 마일 일행이 보기에 중년 또는 노인이었기에 외모가 아름다워도 별다른 임팩트가 없었다. 왜 그런지 『붉은 맹세』는 네 멤버 모두 아저씨의 경우 미남보다 수수한 얼굴을 좋아했기 때문에.

아니, 그저 단순히 다들 또래 남자와 사귀어 본 경험이 없어서 이상형이 아버지에 머물러 있는 것뿐이겠지만······.

마일의 이상형은 물론 현세가 아니라 전생에서 미사토의 아버지였다.

그리고 지금 온 청년(인간 나이로는 분명 노인일 거다)은 선이 가는 것이 뭐랄까, 『보호 본능을 일으키는 스타일』이었다. 그래서 감상용으로라면 『붉은 맹세』 멤버들도 관심을 가지겠지만 『사귀고 싶은 남성』으로서의 가치와 매력은 조금도 느껴지지 않았다.

"켁, 리베르크······."

그리고 노골적으로 싫어하는 표정을 보건대 크레레이아도 마찬가지인 듯했다.

크레레이아는 그렇게나 아버지에게 찰싹 달라붙어 있었으니 『붉은 맹세』 멤버들처럼 『그런 경향이 있는』 수준을 넘어 완전무결한 파더 콤플렉스일 터였다. 그러니 이런 스타일을 선호하지 않는 것도 무리가 아니다.

"어때, 이제 슬슬 인간 도시에서 사는 유별난 짓은 그만두고 마을로 돌아오는 게······."

그렇게 말하고 폼 잡으며 하얗게 빛나는 이를 드러내고 웃는 리베르크.

그리고…….

"마을은 지루해서 싫어!"

크레레이아(크짱), 적을 개수일촉(鎧袖一觸).

"아……."

아무래도 이번 공격에는 절대적 자신이 있었던 건지 할 말을 잃은 리베르크.

"쟤, 옛날부터 크레레이아한테 집요하게 달라붙어서 크레레이아가 싫어하거든……."

샤라릴이 조용히 알려주었다.

""""아~……."""""

너무 쉽게 이해할 수 있었다.

엘프는 미인이 많기에 『미모』는 무기가 되지 않는다.

그리고 리베르크처럼 선이 가늘고 호리호리하며 키 큰 사람이 많았으며, 일부 연장자만 잘 단련된 옹골찬 몸을 가지고 있었다. 그런 아버지가 있고, 극도의 파더 콤플렉스이기까지 한 크레레이아가 병약한 탐미계 남자에게 반할 리 없다…….


"레이아, 마을에 안 돌아올 거냐?"

"크레레이아, 인간 도시도 슬슬 질릴 때 안 됐어?"

잇달아 남자들이 다가왔다.

"오오오, 크레레이아 박사, 인기 폭발하네요!"

앳된 외모에 가슴 없는 크레레이아 박사의 높은 인기를 보고 엉겁결에 기뻐서 소리친 마일.

"……바보야? 저런데도 인기 있는 건 엘프라서 그래……."

하지만 사정을 잘 아는 듯한 레나가, 모처럼 좋아하는 마일에게 그렇게 말하며 찬물을 끼얹었다.

그리고 에이투르가 작은 목소리로 자세히 설명해주었다.

그렇다, 엘프는 대부분 가슴이 절벽이라 그런 부분은 마이너스 요소가 되지 않는다.

그리고 어릴 때는 비교적 빨리 성장하는 엘프는 12~13세부터 15~16세 정도로 보이는 기간(실제로는 그 몇 배인 나이지만)이 수십 년 정도밖에 없다. 그리고 그 후, 인간으로 치면 17~18세부터 40세 전후로 보이는 기간이 아주 길게 이어진다. 그래서 이제 막 결혼 적령기에 들어온 크레레이아 정도의 나이, 외모인 여성과 사귈 기회란 그리 많지 않다.

대부분 첫 결혼 상대와 50년 이상은 함께하기 때문에 재혼할 때 즈음이면 인간 나이로 17~18세 정도의 외모가 되어 있기 때문이다. 또 초혼이 늦어서 이미 그 나이대가 되어버린 엘프도 많다. 에이투르와 샤라릴처럼…….

따라서 크레레이아 정도 되는 나이의 엘프와 결혼하려면, 일찍 사별하는 등 특수한 경우를 제외하고는 결혼 적령기에 막 들어선 여성과의 초혼밖에 기회가 없다.

그런 이유로, 구애할 기회가 적은 일시 귀향조에게 인기가 집중되는 가운데에서도 특히 크레레이아 박사의 인기가 이상할 만큼 높았다.

"로리콤이냐!"

에이투르에게 자초지종을 들은 마일은 파더콤, 시스콤을 잇는 엘프의 깊은 업보에 무심코 그렇게 외치고 말았다…….

레나는 파더콤, 메비스는 오빠들의 시스콤, 그리고 폴린은 브라콤을 아무렇지 않게 여기고 있었기에 그 셋을 모두 이상하게 생각하는 사람은 마일뿐이었는데, 아무리 그래도 로리콤은 다들 싫어할 거라고 믿었었다.

……하지만 마일은 레나를 포함한 세 사람이 자신을 로리콤으로 여기고 있다는 것은 꿈에도 몰랐다. 자신은 단순히 어린애를 좋아할 뿐이라고 생각했으니까…….

그때 크레레이아가 마일의 팔을 잡아당겨 남자들 앞에 내세웠다.

"소개할게. 우리가 인간 도시에서 신세를 졌던 헌터들이야. 다들 순혈 인간이라는데 실력은 엄청나지!"

((((아, 이제 때가 됐구나…….))))

아무래도 『붉은 맹세』가 나설 차례가 된 듯했다.

그리고 헌터의 금기를 깨지 않는 범위 내에서 『붉은 맹세』의 활약상 그리고 자신들이 인간 세계에서 하는 이런저런 일들을 흥미진진하게 얘기하는 엘프 3인조.

"그리고 이제 인간 평균 수명의 4분의 1 가까이 살았는데도 이 아이들을 포함해서 비슷한 또래의 인간들은 결혼은커녕 남자 그림자조차 보지 못해! 그런데도 본인들은 물론 주위 사람들도 전혀 신경 쓰지 않는다고!"

((((그 입 다물라!))))

그런 이야기임을 미리 알았어도 역시 많은 남자 앞에서 그런 식으로 언급되는 것은 불쾌했다.

""""""엥…….""""""

열변을 토하는 크레레이아 일행 주위에 어느새 모여든 참가자와 도우미들.

"그런가, 저 모습인데도 인간이어서 미혼인가……."

"심지어 실제 나이가 10대로 유아나 다름없는데 결혼 적령기이고 그걸 아무도 비난하지 않고……."

"그리고 남자를 갈아치우는 게 아니라 한 남자에게 평생을 바치고 그 남자와의 추억만을 가슴에 품은 채 세상을 떠나는……."

"우리는 인생에서 고작 40~50년만을 한 여성에게 바치는 게 보통인데……."

"젊을 때부터 시작해 성숙하고 마지막 순간을 맞이할 때까지, 한 여성의 아름다운 생애를 전부 자기 것으로……."

"게다가 인간 도시에서 엘프는 우대받는다고 하니 편하고 즐겁게 지낼 수 있을 것 같아……."

"어릴 때 몇백 년 정도는 인생 경험을 쌓기 위해 마을을 떠나도 괜찮을 것 같아……."

((((((곤란한데!))))))

장로 그리고 도우미를 맡은 중년 여성들의 얼굴이 새파랗게 질렸지만 이미 늦었다.

『붉은 맹세』쪽으로 성큼 다가서는 남자들과 그 모습이 어이없는지 싸늘한 시선으로 보는 여자들. 그리고 그 양쪽에 공통된, 흥미진진한 모습.

그렇다, 물론 젊은 여성들도 폐쇄적이고 남존여비 사상이 강한 촌구석보다는 화려하고 문명적이며 엘프라는 이유만으로 치켜세워주는 인간 도시에서 얼마간 살아봐도 나쁘지 않겠다는 생각이 들기 시작했다.

물론 남자들과 똑같은 이유로『인간 남자와 결혼해보는 것도 괜찮을 것 같아……』하는 두근두근 설레는 마음과 함께…….

……이번 첫 대면은 진도다난했다…….

\* \*

"어쩌다 이렇게 되었냐고오오오오!"

대면이 끝나고, 장로는 각 마을에서 참가자들의 도우미로 따라온 연장자들(물론 참가자 혼자 올 수 있지만, 도우미라는 명목으로 동행해 이벤트가 끝난 후 음식을 대접받는 것이 목적)과 함께 머리를 쥐어뜯었다.

따라온 사람들에게는 이미 대면 때의 상황을 설명해두었다.

그렇다, 참가자 대부분이『초혼은 그리 서두를 필요 없지 않을까?』,『한 살이라도 어릴 때 마을을 떠나 인간 도시에서 살면서 다양한 경험을 쌓는 것도 좋지 않을까?』, 그리고『한 번 정도는 인간이랑 결혼해보는 것도 좋지 않을까?』하면서 들떴다는 사실을……

초혼 커플을 맺어줘서, 인간 도시에 나가 있던 어린 소녀들을 마을에 돌아오게 한다.

또한, 젊은 사람들을 결혼시켜 저출산 문제가 심각한 엘프의 인구 증가를 도모한다.

그 작전이 틀어져도 너무 심하게 틀어지고 말았다.

마을에 남아 있던 여자들마저 전부 인간 도시에 강한 호기심을 품게 되었다.

아니 여자뿐 아니라 남자들까지 관심이 생겼고, 더 심각한 문제는 인간 자체에 흥미를 품고 결혼 상대로 언급하는 엘프도 나왔다는 것이다…….

치명상이었다.

그렇지 않아도 수가 줄어드는 판에, 혼혈이 늘어나 순혈 엘프가 점점 사라진다면? 그리고 모두 인간 도시에 나가 살게 된다면?

……몇 세대도 지나지 않아 엘프의 씨가 마르고 말 것이다. 그 혈통도, 문화도…….

선조들이 지켜온 엘프의 혈통 그리고 역사가 사라지고 만다…….

"이유가 뭐지! 무엇이 잘못이었던 게냐!"

"시답잖게 잔머리나 굴리니까 그렇죠…….."

"앗……."

장로가 깜짝 놀라 뒤돌아보자, 거기에『붉은 맹세』멤버들이 서 있었다.

그리고 마일이 말을 이었다.

"크레레이아 박사와 그 일행은 자기들이 먼저 인간 도시에 대해 떠들고 돌아다니지도, 다른 사람들을 꼬드기지도 않았어요. 충분히 만족하면 알아서 마을에 돌아왔을 텐데……. 그런 분들을 빨리 마을에 돌아오게 하겠다는 시답잖은 생각으로 이런저런 조건을 달면서 집요하게 설교해대니까 설명과 설득, 변명, 주어진 할당량을 채우기 위해 괜한 짓을 해야만 했고, 그 결과가 이거라고요. 마을을 떠난 사람을 다시 오게 만들기는커녕 그 즐거움과 주장의 정당성에 매력과 설득력이 실리는 바람에, 마을에 남아 있던 여성과 인간 도시에 별로 관심 없던 남자들까지 줄지어 마을을 떠나기로 하는 형국이라니……. 그리고 사실은 본인들도 잘 알고 있죠? 청년들이 그렇게 바라는 것은 이상한 일이 아니라 지극히 자연스러운 현상이라는 걸요. 이렇게 문명에서 벗어나 살아가는 폐쇄적인 소집단의 말로는……."

"시끄러워! 꼬맹이가 뭘 안다고 입을 놀리나!"

"""""헉……."""""

장로의 성난 목소리에 깜짝 놀라 눈을 동그랗게 뜨는 마일 일행.

그렇다, 젊은이가 잘났다는 듯 바른말을 늘어놓는다고 해서 발끈해서 버럭 호통치는 인물인 줄 몰랐기 때문이다.

좀 더 온화하고 사려 깊고 어린 인간 소녀 나부랭이가 하는 다소의 폭언은 여유롭게 흘릴 수 있는 사람. 그런 줄 알았기에 장로에게서 말을 끌어내려고 일부러 더 잘난 척하는 말투를 썼던 것이다.

그런데 장로가 보인 예상 밖의 반응에 마일은 당황했다.

　"인구가 적으니까 더 폐쇄적인 사회를 지켜야 하는 거야! 만약 인간 도시와 적극적으로 교류라도 하게 된다면 청년들이 다들 마을을 떠나게 될 거야. 나이를 먹으면 돌아오는 자도 있겠지만 영영 돌아오지 않는 자도 있겠지. 돌아온 자는 인간 아내 또는 남편, 혼혈 아이를 데리고 올 테고, 그것도 모자라 인간들의 사고방식과 문화까지 같이 들어오겠지. ……그렇게 되면 순혈 엘프 그리고 이제껏 이어져 온 엘프 고유의 문화와 풍습을 순식간에 잃게 될 걸세. 한 번 잃어버린 것은 두 번 다시 원래대로 돌아오지 않는다네……."

　"잃어버리면 뭐 어때요, 그런 거……. 좋은 건 남고, 그냥 인습이면 쇠퇴하고. 그것뿐 아닌가요? 혼혈화 된다 해서 딱히 종족 자체가 사라지는 것도 아니고. 새로운 피가 들어와 새로운 종족이 되어 번영한다고 생각하면 어떨까요? 작고 폐쇄적인, 점점 쇠퇴해가는 종족을 겨우겨우 연명해나가는 것보다 인간과 섞여 함께 발전하는 것은……. 뭐, 생각이야 다 다른 법이지만, 노인들이 자기 생각을 젊은 세대에게 강요해서 젊은 세대의 일생을 속박하고 자기 생각대로 하게 만드는 건 좀……."

　"안 된다! 그건 절대 안 돼! 설령 우리가 그걸 받아들인다고 하더라도 허락받지 못할 것이야! 우리 엘프, 드워프, 수인, 요정, 고룡 그리고 마족을 창조하신 위대한 분들의 의사가, 생각이……."

　"""""음?"""""

　아차 하는 표정을 지으며 입을 다무는 장로.

도우미로 온 다른 마을 사람들도 『붉은 맹세』와 마찬가지로 입을 쩍 벌리고 있었다.

······그렇다는 건 방금 한 이야기는 엘프 중에서도 장로만, 아니면 장로와 『현인회』급 인물들밖에 모르는 이야기일까······.

"······위대한 분들? 그러고 보니 예전에 『일곱 현인』, 『7분의 1 계획』, 『슈퍼 솔저 계획』 같은 느낌이 센 단어를 들었던 기억이······."

"네, 네놈, 어디까지 아는 게냐!"

장로의 낯빛이 바뀌며 마일을 추궁했다.

하지만 마일은 생각에 집중하느라 장로를 완전히 무시했다.

"왜 방금 말한 『신들의 피조물』 중에 인간은 포함되지 않은 거지? 그리고 수인이랑 마족이야 그렇다고 치는데, 요정이랑 고룡은 왜 포함된 거야? 그런 것들을 다 넣었으면서 그저 단순히 『인간』은 넣는 걸 깜박했다거나, 다른 여러 가지 이유로 생략했다고 보긴 힘들어. 분명 오랜 세월 입에서 입으로 전해진 정형구일 테니까······. 그리고 왜 마족이 제일 마지막 순서에 와? 보통 마족은 요정 앞이고, 마지막에는 고룡이 오지 않나······.

······그렇다는 건······.

애당초 신들을 『위대한 분들』이라고 보통 부르나? 신은 『지고』라고 표현하고, 『위대』는 그보다 아래, 『위대한 업적을 거둔 인간』 같이 표현하는 단어인데······."

"닥쳐! 더 이상은 한마디도 용납하지 않겠다!"

그렇게 말하며 손에 쥔 지팡이를 휘두르며 때리려고 달려드는 장로를 당황해서 막는 도우미들.

아무리 장로라지만 납득할 만한 이유도 없이 손님으로 온 인간, 그것도 그들이 보기에는 어린애나 다름없는 소녀들을 지팡이로 갑자기 때리려 드는 것을 도저히 간과할 수 없었겠지.

무리도 아니다. 자칫 잘못하면 인간과의 사이에 큰 문제가 빚어질 수 있는 불상사였으니까.

* *

"······미안. 알았으니 이거 놔."

아마도 순간 욱했던 것뿐인 듯했다. 붙들린 장로는 금세 안정을 되찾았고, 도우미들도 이제 괜찮다고 판단했는지 잡고 있던 손을 놓았다.

······다만, 혹시 몰라 언제든 바로 다시 붙잡을 수 있는 위치에 있었다.

"그거, 어디서 들었나······?"

안정을 되찾기는 했지만, 그것만은 꼭 확인해야 하는 모양이었다.

그래서 마일도 이번에는 늘 그러하듯 『가문의 비전』이라는 말로 얼버무리지 않고 진지하게, 똑바로 대답하기로 했다.

"자원 절약 타입 자율형 간이 방위 기구 관리 시스템 보조 장치, 제3 백업 시스템 씨한테 들었어요."

"··········누군데, 그게······."

그렇다, 그 말을 들어도 마일 이외의 사람이 이해할 수 있을 리가 없었다…….

"선사 문명에 관한 지식의 잔재를 아는 분이시죠."

"뭐래……."

그렇다, 컴퓨터며 인공지능, 인공지성 같은 말을 들어도 이해 가능할 리 없다. 그래서 말해준 존재가 의사소통이 가능한 자, 요컨대 인간 또는 조금 전 종족명이 열거되었었던 엘프, 드워프, 수인, 요정, 고룡, 마족 중 하나라고 설명할 수밖에 없었다.

하지만 마일은 이런 중요한 사안에 불필요한 거짓말을 하는 것을 썩 좋아하지 않았기 때문에 거짓말은 아닌 선에서 상대가 이해하기 쉬운 쪽으로 대답했다.

"그 상대는……."

"장로님이 저희에게 엘프의 구전을 알려 주지 않는 것과 같은 이유로, 아무것도 말씀드릴 수 없어요."

"윽……, 아, 아아, 알았네……."

지켜야 하는 비밀이 있는 자는 『비밀을 지킨다』라는 의미의 책임과 무게를 잘 안다. 그래서 그것을 아랑곳하지 않을 정도로 정말 비상사태라도 일어난 게 아닌 이상, 무리하게 강요하지는 않으리라.

장로는 그 자리에 있던 도우미들에게 『지금 들은 것은 발설 금지. 장로 권한으로 S등급 비닉(秘匿) 사항으로 정하겠다』라는 내용의 지시만 내리고 이야기를 매듭지었다.

그 지시에 얼굴이 하얗게 질린 남자들은 그냥 무시하고…….

나중에 마일이 크레레이아에게 『엘프의 S등급 비닉 사항이라고 하면 어느 정도인 거죠?』하고 묻자 『그걸 어떻게?!』하고 깜짝 놀라더니 그 비밀의 내용을 말하라는 건 아니니까 상관없겠다면서 자세히 설명해주었다.

그 말에 따르면 『발설하면 처형, 가족은 마을에서 추방』인데, 엘프의 비닉 마법을 다른 종족에게 전하는 것이 이에 해당한다고 했다.

과연 인구가 적은 엘프 사회에서 『일족 전부』라고 해버리면 마을 자체가 붕괴하기 때문에 그렇게까지는 못 하는 모양이었지만, 사실은 그렇게 하고 싶을 정도로 큰 죄인 듯하다…….

*　*

결국 대면은 흐지부지 끝나고 말았다.

아니, 이벤트 자체는 실패하지 않았다. 다들 신나게 즐겼고 대화도 탄력이 붙어, 젊은 세대들의 교류회라는 의미에서는 대성공했다고 봐야 하리라.

단지 주최자 측의 의도에서 완전히 벗어났을 뿐…….

남자들이 여자, 특히 인간 도시에 나가 있는 여자들을 잘 설득시켜 마을에 돌아오게 한 다음 하루빨리 결혼시켜 눌러앉게 하기.

그런 목적으로 연 이벤트였건만, 오히려 남자들과 지금껏 인간 도시에 관심 없던 여자들까지 설득되어 인간 도시에서의 삶 그리고 인간과의 교류를 동경하게 되었다.

본말전도. 긁어 부스럼. 혹 떼러 갔다가 혹 하나를 더 붙이고 온 꼴이었다.

엘프 3인조와 마일 일행이 들려주는 인간 도시에서의 삶, 학자로서의 일과 대우, 헌터로서의 다양한 에피소드, 그리고 아직 만난 적은 없지만, 소문으로 들은 적 있는, 등급 높은 엘프계 헌터들의 활약상 등 온갖 화제로 분위기가 후끈 달아오르며…… 그렇게 된 것이다.

그 와중에 마일과 레나에게 추파를 던지는 남자 엘프도 있어서 엘프 3인조가 막아주기도 하고, 자신들에게는 추파를 던지는 자가 없어서 메비스와 폴린이 조금 의기소침해지기도 하고, 그 모습을 보고 박애심이 넘치는 남자들이 두 사람에게도 말을 걸었다가 거절당해서 『뭐 이런 경우가 다 있어!』 하고 어이없어하기도 하고…….

그렇다, 아무리 사귈 생각이 없어도 여자의 마음이란 복잡 미묘한 것으로, 이런저런 사정이 있는 법이었다…….

\* \*

"신세 졌네……."

역시, 계약 밖의 일을 부탁한 것이 마음에 걸렸는지 기특하다는 표정으로 그렇게 말하는 크레레이아.

……하나도 어울리지 않는다. 역시 크레레이아는 『음하하!』라거나 『우히히!』 하면서 장난스러운 얼굴로 웃는 게 어울린다.

"진짜, 미안해……."

"덕분에 살았어. 고마워……."

크레레이아보다 훨씬 연상으로 보이는 샤라릴과 에이투르가 미안한 표정을 지으며 사과하는 모습은 그 나름대로 볼 만했다. 역시 외적 연령이란……, 아니, 샤라릴과 에이투르가 더 어렸을 때도 크레레이아 같은 느낌은 아니었으리라. 그리고 크레레이아 역시 지금의 샤라릴과 에이투르 같은 나이대의 외모로 변한다 해도 역시 짓궂은 표정이 더 잘 어울리는 여성일 테지…….

어른이 되면 얼굴도 자기 책임이다.

미모와 상관없이, 그때까지 살아온 세월이 얼굴에 묻어나기 때문이다.

하지만 아무리 그래도…….

"다들 미인이고……."

"마을에 있으면 다들 애 취급하면서 오냐오냐하고……."

"부모가 언제까지나 젊어서 계속 보살펴주고……."

"지루하다 싶으면 인간 도시에 나가 대접받으면서 편하게 돈을 벌 수 있고……."

"""엘프, 너무 비겁해!"""

"""귀에 거슬리는 말, 너무 크게 말하지 마아아아아!"""

『붉은 맹세』가 화나서 소리치자, 이마에 핏대를 세워가며 역시 고성으로 맞받아치는 엘프 3인조.

그야, 그렇겠지.

다들 여성의 지위가 낮은데다 따분한 엘프 마을을 견디지 못해

몸뚱이 하나만 가지고 뛰쳐나와 아무것도 모르는 인간 도시에서 고생하고, 자신들을 속여서 이용하려는 나쁜 인간들을 끝없이 만나가면서 겨우 지금의 위치를 손에 넣은 것이다.

물론 평범한 인간 소녀보다 유리한 부분도 있었으리라. 하지만 그게 도리어 마이너스로 작용해 닥쳐온 위험은 인간 소녀보다 훨씬 크기도 했다.

대면에서는 좋은 이야기만 했지만, 물론 세 사람은 그런 부분까지도 나중에 제대로 설명해 줄 생각이었다. 그렇게 하지 않으면 여러 가지로 비참한 일이 일어날 게 불 보듯 뻔했기 때문이다.

······그렇다, 물론 이성을 잃은 엘프의 극대 마법을 연타로 맞고 조직이 괴멸된다든지, 도시가 지도에서 아예 사라진다든지 하는 것을 말이다······.

그런 식으로 인간은 모르는 온갖 고생을 하고 있는데도 그렇게 말하니 화나는 것도 무리가 아니었다.

세 엘프가 거침없이 말하자······.

"""""미안합니다······."""""

그렇다, 레나 일행도 악의는 없었다.

약간 부러웠을 뿐.

그런데 사실 남들은 모르는 나름의 고충이 있다는 이야기를 들었으니 사과하는 수밖에 없었다.

옆집 잔디가 더 파란 법. 옆집 꽃이 더 빨간 법. 옆집 장맛이 더 좋은 법.

다 그런 것이다.

"······그런데 괜찮을까? 왠지 장로님, 죽을 것 같은 표정이던데······."

레나가 일단은 연장자를 배려해 그런 말을 했지만, 크레레이아의 대답은 노인에게도 냉정했다.

"괜찮아, 괜찮아. 비겁하게 굴다가 그런 거니까 자업자득이지. 그렇게 시시한 규칙 때문에 지금까지 우리가 얼마나 성가셨는데······. 이제는 대면 때문에 정기적으로 마을에 돌아오는 규칙이랑 매달 보고할 의무를 없애겠어. 그걸 받아들이지 않으면 인간 도시에서의 즐거운 생활, 맛있는 음식, 어린 척하면서 뭐든 하고 싶은 대로····· 흠흠, 아무튼 재미있게 각색한 보고서를 쓴 다음에 필사 가게에 가서 10부 정도 필사본을 만든 다음, 모든 이웃 마을 청년들에게 보낼 거야! 그래, 모든 봉투를 큰 봉투 안에 넣어서 리베르크 녀석한테 보내버릴까. 그 봉투들을 모든 청년에게 나눠주라고 하면서······. 한 봉투에 넣어 보내면 운송료도 그대로고, 리베르크라면 내 부탁을 절대 거절하지 않을 거야. 그리고 그 안에 든 봉투 중 하나가 장로에게 보내는 정규 보고서인 거지. 이걸 되풀이하다 보면 마을을 떠나고 싶어 하는 엘프들이 점점 늘어나······. 크크큭······."

"""""악마냐고오오오오!"""""

크레레이아의 사악한 웃음은 이제 『소악마』를 졸업하고 어엿한 악마가 되어 있었다······.

"너, 너무 그렇게 노인을 괴롭히고, 엘프의 멸망을 부추기는 짓은······."

""" "픕!" """

크레레이아가 메비스의 걱정을 비웃었다.

"자기 인생은 자기가 원하는 대로 살아야 하는 거야! 왜 노인을 위해 자기 인생을 낭비하고 희생해야 하는데? 이젠 시대가 변했어! 인간도 엘프도 똑같이 숲에서 채취 생활을 하며 살던 시대가 아니라, 숲 밖의 세계는 다채롭고 멋지고 화려하고 시크하고 예이예이 ♪ 라고!"

""" "……" """

로열 네이비 리나운 같은 소리를 하는 크레레이아.

하지만 그 말을 들으니, 가족에게 강요받는 삶이 싫어 집을 뛰쳐나온 메비스는 아무 말도 할 수 없었다.

마찬가지로 집과 영지와 영민을 내팽개친 마일, 아버지가 남긴 가게를 어머니와 남동생에게 맡기고 자유롭게 사는 폴린, 그리고 아버지가 남긴 행상 마차를 팔아버리고 헌터의 길을 택한 레나도…….

엘프 마을만 아는 사람들이라면 모를까 인간 도시를 알아버린 여자 3인조에는 이제 장로의 가르침과 지도에 대한 경의가 조금도 남아 있지 않았다.

장로의 억압하는 방식 때문에 이렇게 되었을까, 아니면 이렇게 될까 걱정되어 장로가 억압한 것일까. 지금 와서 그게 중요하지는 않지만…….

"하지만 장로님이랑 『현인회』인가 뭔가 하는 사람들, 더 좋은 방법이 있었던 건 아닐지……. 왜 이렇게 바보 같은 수를 쓴 걸까요? 나이도 아주 많은 현자들이면서……."

"아, 그건 아닐걸?"

"네?"

대수롭지 않게 내뱉은 마일의 말에 대답한 사람은 메비스였다. 과연 백작 영애였던 만큼 그런 교육까지 잘 받은 듯했다. 장차 어느 파티 등에서 엘프를 만날 경우를 대비한 것일까…….

"5~6살 때 친구 10명 정도가 아무도 만나지 않고 평화로우며 의식주에 불편함 없는 작은 마을에서 안락하게 살고 있었다고 해 보자. 나이도 안 먹고 아무런 고생도 하지 않고, 늘 같은 친구와 만 얘기하고 외부에서 새로운 정보가 들어오는 일도 없고, 그대로 100년을 살았다면……."

마일은 메비스가 하는 이야기의 결말을 대충 알 것 같았다.

"100년 후, 여전히 어린 모습 그대로인 그들은 100살이 넘은 현자가 되어 있을 거 같아?"

메비스의 질문에 고개를 가로젓는 마일.

"아무 발전도 없이 매일 똑같은 하루를 보내는 것뿐이잖아요……. 행복하기야 하겠지만……."

"……쓸모없는 쓰레기지."

"먼지죠."

마일은 그렇다고 치지만, 레나와 폴린의 말은 너무 심했다.

"인간이라면 짧은 인생, 금세 찾아오는 『노화』와 『죽음』을 두려워하며 필사적으로 살고, 조금이라도 더 행복해지기 위해 조금이라도 더 편하게 살기 위해, 또 자식들이 더 나은 인생을 살길 바라는 마음으로 고민하고 계속 노력해서 조금씩 발전해나가고, 자식들이 또 그걸 이어받고. 이건 도시에 살든 작은 촌에 살든, 정도의 차이만 있을 뿐 모두 같아. 그런데 숲에 틀어박혀 있고, 강한 마력을 갖고 있어서 편하게 살 수 있고 수명이 인간의 10배가 넘는데 그 인생의 대부분을 장년기의 육체로 보낼 수 있는 엘프는……."

"""『영원한 아이』와 같아서 발전이 없다는…….""""

역시 마일의 생각과 같은 결론이 나왔다.

"맞아. 그러니까 엘프는 나이가 많다고 해서 꼭 철학자인 것도 아니고 사색가도 아니고 인격이 훌륭한 것도, 하물며 현자는 절대 아니야. 엘프는 자존심이 강하고 성격이 삐딱하고 마법 전투력도 어중간하게 강해서 대할 때 조심해야 하고, 절대 화나게 하면 안 되고, 무슨 말을 해도 치켜세워주고 어르고 달래고 잘 대접하는 것이 귀족 사이에 최우선 하는 사항이야. 그래서 그런 부분을 애들한테도 잘 가르치고 있지. ……이렇게 내가 아는 것처럼."

"""…….""""

"앗, 크레레이아 박사랑 일행들, 풀 죽었어……."

"엘프에 대한 다른 종족의 평가가 그런 줄 몰랐나 봐……."

"""나무아미타불…….""""


"여하튼 그건 됐는데요……."

"됐냐!"

메비스의 지적은 무시하고 마일이 계속해서 말을 이었다.

"저, 장로님이 엉겁결에 흘리셨던…… 아, 아무것도 아니에요!"

마일이 허둥지둥 말을 얼버무렸다.

그렇다, 이곳에는 엘프 3인조가 있다. 그날의 이야기를 듣지 못한 세 사람이.

과연 그 이야기를 들려줄 수는 없었다. 세상에는 『모르는 게 약인 이야기』도 분명 있는 법이다.

"……아까 물어본 그 『S등급 비닉 사항』 말이지? 그런 게 있다는 걸 알면서 그게 뭔지 전혀 몰라서 이상하다고는 생각했었어……. 너희 도대체 무슨 이야기를 들은 거야?"

어쩌면 장로의 약점을 쥘 수 있고 생각하는 크레레이아였지만 물론 마일은 말하지 않았다.

엘프가 아닌 마일 일행은 엘프가 정한 처벌 따위 관심 없다고 주장할 수도 있다. 그리고 애당초 마일이 얻은 정보는 엘프에게 들은 게 아니라, 그 『만들어진 것』으로부터 알아낸 것이다. 하지만…….

"금칙 사항입니다!"

"뭐?"

"비밀이에요!"

"아니…….”

"그러니까! 알아맞혀 보세요!"

"뭐라는 건지 모르겠네!"

그리고 마일이 이러쿵저러쿵 얼버무리자 의미를 알 수 없는 수렁에 빠져버린 크레레이아였다…….

＊　＊

"뭐, 어차피 아무것도 말해주지 않을 테니 생각해봐야 소용없나요……. 고룡이랑 요정들은 가르쳐 줬는데……. 사고방식이 다른 건지 아니면 더 중요한 비밀이 있는 건지……. 아, 고룡들도 전부 알려 준 게 아닐 수도 있는 건가. 알려줘도 괜찮은 부분만 말한 것일 수도 있겠네요. 거짓말은 하지 않았지만,『생략』이라든지『일부러 오해하기 쉽게 표현』하는 건 그럴 때 상투적으로 쓰는 수단이고……."

크레레이아 일행이 떠난 후『붉은 맹세』는 그런 말을 중얼거리며 휴식을 취하고 있었다.

사실은 모두 꽤 지쳐 있었다. ……정신적으로.

크레레이아 일행이『붉은 맹세』에게 호위 임무를 지명한 진짜 목적도 무사히 (엘프 수뇌부에는 썩 무사하다고 할 수 없을지도 모르겠지만) 끝나고 이제 돌아갈 때까지 시간을 보내기만 하면 되는『붉은 맹세』였는데…….

이제부터는 느긋하게 지낼 수 있을 터였는데 거기에 생각지 못한 함정이 있었다.

대면 때 여러 가지로 튀기도 했고, 엘프 남자들이 초혼과 재혼을 불문하고 인간 소녀와의 결혼을 고려하기 시작하는 바람에, 가까이에 있으면서 어리고 귀엽고 직접 돈을 버는 데다가 자신을 보호할 수 있는 (조건이 좋은) 그녀들에게 말을 걸어오는 남자 엘프들이 끊이지 않았다.


"어때, 마짱. 나와 함께 헌터가 되지 않을래?"

그렇게 말하며 새하얀 치아를 반짝이는 소년……으로 보이는 남자.

"저건 치아를 빛나게 하는 마법? ……아니 근데 『마짱』이라는 건 설마 저?! 헌터고 자시고, 저희는 이미 헌터거든요, 그것도 벌써 중견급이고! 이를 번뜩이면서 멋대로 친한 척하는 사람이라면…… 크레레이아 박사를 졸졸 따라다니는 스토커?!"

그 후에 마일 일행은 크레레이아에게서 오랜 세월 이 남자에게 받은 온갖 피해들에 대해 전해 들었다.

……물론 마일은 그 남자의 이름 따위 기억하고 있지 않았다.

"당신은 오로지 크레레이아 박사뿐이라고 하지 않았던가요……."

마일의 그 말에 폴린이 끼어들었다.

"어차피 대면 때 마일짱이 대용량 수납 보유자라는 이야기를 들어서, 편하게 돈도 벌고…… 아니, 『벌어줄 수 있고』라고 생각한 거겠죠?"

폴린의 지적에 티 나게 동요하는 리베르크.

"늘 저런 사람만 온다니까요……."

과연 지긋지긋한지 풀이 죽는 마일.

같은 환경에서 같은 가치관을 가지고 자란 탓인지 어린 미혼 남자 엘프들의 사고 패턴은 무척 비슷했다. ……특히 여성에게 모든 일을 다 미루고 자기는 편하게 지내려고 하는 방면에 있어서는…….

"그런 남자, 인간 여자들도 상대 안 해! 인간은 엘프와 달리 몇 번이고 결혼하지 않으니까! 인간의, 소녀의 시간은 짧고 아주 귀하다고!"

레나의 호된 비난까지 받은 리베르크는 맥없이 돌아갔다.

"타격을 되게 잘 받네……. 원래 여자 엘프는 다들 얌전하고 남자가 하라는 대로 하나?"

크레레이아를 비롯한 『엘프 3인조』를 떠올린 멤버들은 고개를 마구 가로저었지만, 생각해보면 『그런 씩씩한 여성』은 모두 인간 도시로 떠나고, 얌전한 여성만 마을에 남아 있는 건지도 모른다.

그리고 남자들은 인간 도시에 나간 씩씩하고 밝고 명랑한 소녀들에게 관심을 가지면서도 그녀들을 대하는 태도는 엘프 마을의 방식인 『남자가 하는 말을 따라야지!』이기 때문에, 인간 도시에서 남자들이 떠받들어주고 『여성 우위』를 맛본 소녀들이 그들에게 끌릴 리 없는 것이었다.

그렇게 해서 초혼은 물론 재혼과 재재혼까지 인간 남성과 하는 여성 엘프가 점점 늘어나고…….

""""""망했다……. 끝났네, 엘프 마을…….""""""

""""""""으아아아아아악!""""""""

"어라, 장로님, 촌장님, 그리고 모르는 분들……."

갑자기 뒤에서 들려온 비명에 마일 일행이 뒤돌아보자, 절망한 표정의 엘프들이…….

그렇다, 이 고난을 어떻게든 극복해야 한다며『현인회』사람들과 함께『붉은 맹세』에게 상의하러 온 장로와 촌장 일행은 하필이면 딱 그때 들린『엘프 종료 선고』에 얼어붙고 말았다…….

\*  \*

"어떻게 좀 해 주게나!"

"""""우리 알 바 아닌데~…….""""""

장로 일행이 매달렸지만, 별수 없었다. 이건 잔재주를 부려 해결할 수 있는 문제가 아니라 구조적 파탄이기 때문에…….

그래서 마일 일행도 손쓸 방법이 없었다.

애초에 그리 쉽게 해결될 문제였으면 이미 예전에 어떻게든 했겠지.

아무리 폐쇄적인 사회에서 자랐다지만, 수명이 인간의 몇 배나 되는 데다가 인간들과의 교류가 전혀 없는 것도 아니고, 마을에는 인간 도시에서 산 경험이 있는 엘프도 몇 명쯤 있을 터였다.

그런데도 풀지 못한 문제를 고작 14~18세 소녀들이 해결할 수 있을 리가 없다.

"그래도 어떻게 좀…….."

"으~음, 그렇게 말씀하셔도…….."

마일 일행도 자신들에게 아무 책임이 없다지만 측은한 마음은 가지고 있었다. 그래서 일단은 진지하게 고민했는데 역시 좋은 아이디어는 떠오르지 않았다. 결국 메비스가 최후통첩을 하려고 했을 때······.

"준비 다 됐습니닷!"

마일이 오른손을 들고 외쳤다.

""""오오기리냐!""""*

그리고 물론 매일 밤 이어지는 『일본 전래 허풍동화』 때문에
그 단어를 잘 알고 있는(잘 훈련된) 레나 일행이 반사적으로 소
리쳤다.

씨익 하고 사악한 미소를 짓는 마일.

'포교 활동은 순조롭군요······.'

그리고 마일은 엘프 마을을 구하는 묘안을 발표했다.

"닌자 마을······ 아니, 『엘프 마을 작전』입니다!"

"""""뭐어어어어어어?"""""

······닌자 마을.

그 개념은 레나와 다른 멤버도 마일에게 몇 번인가 들은 적이
있어서 대충 알고는 있었다.

하지만 마일이 지금 무슨 생각을 하는지 아는 사람은 아무도 없
었다.

······만약 여기에 마르셀라와 그 친구들이 있었더라면.

마일(아델)을 가장 잘 이해하는 그녀들이라면 아마 이렇게 대답
했으리라.

---

*사회자가 주제어를 제시하면 여러 출연자가 더 재치 있는 답을 내놓으며 대결하는 것.

『그런 걸 우리가 어떻게 알아요오오옷!』

"……아니『엘프 마을 작전』이라고 했는데, 여기가 엘프 마을이니까 말 그대로 아닌가? 무슨 의미인지 모르겠는데……."

닌자 마을의 개념을 모르는 장로와 관계자들로서는 마일의 말을 당연히 못 알아들었기 때문에『닌자 마을』이라는 단어를 그냥 넘겼다.

그래서 마일이 자세한 설명에 들어갔다.

"엘프 마을을 관광지로 만드는 거예요! 그렇게 하면 인간이 손님으로 찾아오겠죠. 그 손님들을 잘 대접하고 요리와 술, 숙소, 특산품 등을 비싼 값에 제공해서 인간이 쓰는 화폐를 손에 넣는 거예요. 그 돈으로 인간 도시에서 많은 것을 살 수 있어요. 그렇게 하면……."

""하면?""

장로와 촌장의 목소리가 겹쳐졌다.

"젊은 엘프들은 관광객을 상대하게 하면서 인간에 대한 흥미를 만족시킬 수 있고, 그렇게 번 돈으로 인간 도시에서 물건들을 사옴으로써 엘프 마을을 떠나지 않아도 인간 생활의 편린을 맛볼 수 있죠. 또 관광객은 멀리서 찾아와 고작 며칠 있다가 돌아가니까, 짧은 기간의『여행지 로맨스』는 펼쳐질지 몰라도 본격적으로 사귈 가능성은 작아요. 전화도 인터넷도 없는 이 세계에서는 원거리 연애를 하기 어려우니까요……."

모르는 단어가 몇 개 나오기는 했지만, 마일이 하는 말의 의도를 이해하는 데 걸림돌이 되지는 않았다.

"하, 하지만 그렇게 되면 관광객에 마을이 휘둘려서, 안정된 삶도 전통을 지키는 삶도 흐트러지는 게……."

"그래서 『엘프 마을』이라고 한 거예요!"

장로의 걱정을 중간에 끊는 마일.

"진짜 엘프 마을, 그러니까 이 주변에 있는 여러 엘프 마을의 집합체인 『엘프 마을』은 지금까지 해왔던 대로 초대받지 못한 외부인은 들어가기 힘든 상태를 유지하는 거예요. 그리고 여기에서 조금 떨어진 곳에 『관광지로서의 엘프 마을』을 따로 만드는 거죠! 인간이 『엘프는 이런 삶을 살 것 같아』 하고 상상할 법한 마을을 만들어서, 그럴듯한 생활환경을 꾸미고 『관광객이 머릿속에 그리는 이상적인 엘프들』을 연기하는 겁니다. 그곳은 어디까지나 『돈을 벌기 위한 일터』이고, 여러분이 다른 종족에게 『엘프란 이런 존재들이다』 하고 알려주고 싶은 대로 연기하는 장소. ……그래요, 자유롭게 정보 조작이 이루어지는 장소인 겁니다. 요컨대 진짜 엘프들의 마을이 아니라 가공의, 관광지로서의 구경거리(어트랙션), 유원지(테마파크)로 『가짜 엘프 마을』을 조작하는 거예요!"

"""""""오오오오오오오!"""""""

마일이 하고 싶은 말이 뭔지 대강 이해한 듯한 장로와 촌장, 일부 『현인회』 멤버들 그리고 아직 이해 못 했지만, 체면상 이해한 척한 사람들이 탄성을 내질렀다.

"관광용 마을(일터)에서는 최대한 날씬하고 귀가 크고 뾰족한 사람을 우선 채용. 귀가 돋보이는 헤어스타일로 하고, 등에는 작은

활을 메기로 하죠. 식당에서는 채식 메뉴를 메인으로 하고, 고기 요리는『관광객을 위해 어쩔 수 없이 메뉴에 넣었다』라는 식으로 가장해서 아주 비싸게 팔아요. 육식을 기피하는 엘프가 관광객을 위해 신념을 꺾고 어쩔 수 없이 준비하는 거라고 하면 말도 안 되게 비싼 값을 매겨도 불평할 사람은 없을 거예요."

"과연!"

"""""어린 인간 소녀의 얍삽한 잔꾀, 리스펙트!"""""

물론 엘프들이 평소에 고기를 아무렇지 않게 먹는다는 사실은 크레레이아와 샤라릴, 에이투르와 야영하며 함께 식사해 본 바로 잘 알고 있는 마일 일행이었다.

하지만 엘프와 같이 밥을 먹어 본 사람은 별로 없을 테고, 만약 엘프가 고기를 뜯는 광경을 목격했다고 해도『아아, 인간 도시에서 살려고 억지로 인간의 식생활에 맞추려고 하는구나』하고 생각해 줄 터였다.

"아니, 마을을 휘말리게 하기 싫어서 관광용 마을을 별도로 만들자는 건 잘 알겠어. 하지만 거기서도 엘프의 일반적인 생활을 보여주면 되지 않나? 왜 그런 가공의 엘프상을 만들어야 하는 거야?"

의문스럽게 여기면서도 아무도 묻지 않은 질문이, 마침내 한 엘프의 입에서 튀어나왔다.

그 질문에 회심의 미소를 짓는 마일.

"아주 좋은 질문이에요! 사실 인간은『자기가 보고 싶은 것을 보고 싶은』종족이거든요!"

"아니, 그건 당연한 거⋯⋯."

그렇게 지적하는 엘프에게 마일은 쯧쯧쯧 하고 오른손 검지를 가볍게 흔들었다.

"아니 아니, 그게 아니에요. 분명 인간은 『베일에 가려진 엘프의 생활을 구경하고 싶다!』라는 마음으로 관광 온 걸 텐데, 거기서 본 게 고기를 우걱우걱 뜯고 검과 창으로 사냥하는 근육 빵빵 아저씨들이면 어떻겠어요? 그래요, 빈축을 살 게 뻔하다고욧! 결국 인간이란 『어떤 모습인지 보고 싶다』라고 생각하는 것처럼 보여도 사실은 『자기가 기대하는 그대로의 모습을 보고 싶은 것』뿐이에요. 그러니까 인간 시골 동네와 별반 다르지 않은 엘프 마을, 거칠게 고기를 뜯어대는 엘프 따위는 보고 싶지 않은데 봐버리면 관광객은 집에 돌아간 후 엘프 마을에 관해 이야기하지도, 두 번 다시 관광 오지도 않을 거예요. ⋯⋯그래요, 그들에게는 그들이 기대하는 『이상적인 엘프』를 보여주면 되는 거예요! 그럼 다른 사람들에게도 소문이 퍼지고, 단골이 되어 계속 찾아올 거예요. 미녀, 미소녀 엘프들이(실제 나이 수백 살) 조금만 떠받들어주면⋯⋯. 네, 주기적으로 『엘프 전통 행사』 같은 것도 열어요! 축제라든지, 숲의 정령에게 봉납하는 어떤 대회를 치른다든지⋯⋯."

봉납 스모라도 떠올렸는지, 마일이 그렇게 제안했다.

엘프니까 아마도 봉납 궁술 시합 같은 것을 상상했겠지⋯⋯.

빠르게 설명하는 마일의 말에 표정이 멍한 엘프들 그리고 고개를 열심히 끄덕이는 폴린.

"관광 마을은 어린이와 가족 동반용『영 엘프 가이(街)*』와 성인 남성용『어덜트 엘프 가이』로 구역을 나눠서 만드는 게 좋을지도 모르겠어요……."

"그거 네가 들려준 허풍동화 중에, 보름달 뜨는 밤이면 불사신 늑대(울프) 엘프로 변하는 늑대 수인과 엘프 혼혈 이야기『엘프가이 시리즈』에서 따온 이름이지?"

"""""""그, 그게 뭐야아아아아아아!"""""""

……엘프와 수인 사이에는 혼혈이 나올 수가 없다.

뭐, 그러니까『말도 안 되는 동화』인 거지만…….

아니, 그런 수준의 문제가 아니라 자신들의 이해를 뛰어넘은 그리고 왠지 불온한 느낌이 드는 마일과 레나의 대화에 무심코 소리친 엘프들이었다…….


그러고 나서『닌자 마을』을 기반으로 한 구경거리, 유원지에 대해 자세히 설명한 마일.

아무것도 모르는 엘프 수뇌부는 마일의 설명을 그대로 받아들이고 말았다.

"'내 알 바 아니야~!'"

그리고 엘프 마을이 어떻게 되든 자신들과는 아무 상관 없고, 아무런 책임도 없다. 그렇게 생각하며 입을 꾹 다문 채 시선을 회피하는 레나 일행이었다…….

---

*'가이'는 街의 일본어 발음으로 '거리'를 뜻한다.

* *

"헉? 엘프와 결혼해서 아이를 낳을 수 있는 건 인간뿐이라고?"

대충 허풍을 늘어놓은 마일은 답례 대신 장로에게 『말해도 되는 범위 내에서 엘프의 구전과 옛날이야기를 들려줬으면 좋겠다』라고 부탁했다. 그것을 받아들인 장로가 마일이 제공한 고급술과 안주에 입맛을 다시며 해준 이야기는…….

"그렇다네. 엘프뿐 아니라 드워프, 수인, 마족 등 전부 인간과의 사이에 애를 낳는 것은 가능하지만, 동족과 인간 이외의 다른 종족과는 불가능해. 그리고 인간의 피가 섞여도 동족간 혼인을 계속하다 보면 인간 피가 거의 사라지고 거의 순혈 엘프로 다시 돌아오지. 그래서 아주 극히 인간과 결혼하는 자가 있어도 별로 반대하지 않는 거야.

왜 그렇게 된 건지는 잘 모르겠지만……. 수인도 같은 계열끼리, 이를테면 개 수인과 늑대 수인 정도면 아이를 낳을 수 있지만, 그보다 더 먼 종족끼리는 불가능해."

그 말에 마일이 불쑥 중얼거렸다.

"……그런가, 그럼 개 수인과 장어 수인 사이에 『장어개 수인』은 탄생할 수 없는 건가……."

"『장어개 수인』 같은 건 없어! 아니, 애초에 장어는 짐승이 아니잖아!"

그리고 물론 레나가 날카롭게 지적했다.

"장어 수인이랑 우메보시 수인 혼혈이면 항상 배 아프겠다……."

"아니 장어 수인 같은 건 없다니까!"

"……그전에 『우메보시 수인』부터 따지라고…….."

어깨를 힘없이 늘어뜨린 메비스가 작은 목소리로 중얼거렸다.

"……그래서 나머지 두 종족, 고룡이랑 요정도 인간과의 사이에 애를…….."

"무리지! 절대로, 아무리 생각해도 무리라고! 물리적으로 말이야!"

마일의 말에 너무나 어이없는 장면을 상상해버린 메비스가 필사적으로 소리쳤다.


"그런데 왠지 의도적인 느낌이 들어요…….."

인간, 엘프, 드워프, 수인, ……그리고 마족.

체형이 비슷한 다섯 종족.

수인은 더 세밀하게 분류할 수 있지만 일단 편의상 한 종족으로 치고 생각하는 마일이었다.

"인간과 교배 가능할 만큼 다들 무척 가까운 종인데, 인간이랑은 교배되면서 다른 종과는 안 되고. 또 유전자가 강한 건지 몰라도, 교배할 수 있지만 인간 유전자를 밀어내고 다시 원래 종으로 돌아가려고 하고. 그건 종족 특성이 희미해지는 것을 막기 위해? ……아무래도 부자연스러워요…….."

"그렇지만 어떻게 되는 일이 아니지 않은가. 모든 것이 그렇게 정해져 있는 것뿐이니 말이야…….."

보통은 『신이 그렇게 정했다』라고 말할 텐데, 부자연스럽게 주어를 뺀 장로. ……하지만 마일은 그것을 알아차렸으면서도 언급하지 않고 넘어갔다.

\* \*

그 밖에도 몇 가지 별 의미 없는 이야기와 전승을 들은『붉은 맹세』는 장로 일행과 헤어졌다.

"다른 종족 사이에 혼혈이 나올 수 있는 게 인간뿐이라는 사실은 굳이 엘프한테 들을 것도 없이 당연히 다들 알고 있는 사실이지만 말이야……."

나중에 메비스가 모두에게 그렇게 말했다.

당연하다. 그 정도 사실이 알려지지 않았을 리가 없다. 혼혈이나 다른 종족 간의 혼인이라고 하면 엘프 측뿐 아니라『상대 종족』도 있기 마련이므로, 아이를 낳을 수 있는지에 대한 정보를 양쪽에서 다 얻을 수 있으니까 말이다.

그리고 그런 역사가 몇천 년, 몇만 년 이어져 왔다고 생각하는가…….

"뭐? 난 몰랐는데?"

"저도 처음 듣는데요……."

마일은 그렇다고 치고, 레나와 폴린도 몰랐던 모양인데…….

"그야 애한테 굳이 나서서 들려줄 이야기는 아니니까. 자기 아이가 종족이 다른 이성과 친하게 지내게 되면 넌지시, 그 이야기를 아는 누군가가 알려주는 거지. 한쪽이 인간이면 아이가 생길 수 있고, 그게 아니더라도 아이만 포기하면 결혼이 불가능한 건 아니니까. 차별하는 나라나 반대하는 친족만 없다면……. 뭐, 양자를 들일 수도 있고, 수명이 긴 종족 같은 경우는 재혼할 때 아이를 가진다거나, 길은 많이 있지."

귀족 자녀이면서도 메비스는 그런 부분에 있어서 꽤 자유주의자인 듯했다.

어쨌든 이제 엘프 마을에서 할 일은 전부 끝났다.

앞으로는 돌아갈 때까지 남자들이 던지는 추파를 거절하는 나날만 이어질 터였다.

"좀 봐달라고……."

"정말이에요……."

""켁!""

너무 많이 들이대서 곤혹스러워하는 레나와 마일을 보며 소리를 내뱉는 폴린과 메비스.

대시해도 어차피 거절할 거면서, 역시 인기의 정도에 차이가 나는 것은 탐탁지 않은 모양이었다.

하지만 인간 도시에서는 반대이므로, 지금은 꾹 참고 레나와 마일이 일시적 인기를 만끽하게 두고 축복해주면 될 것을…….

어른스럽지 못한 폴린과 메비스였다…….

\*　\*

"드디어 귀환합니다!"

""""길었어…….""""

실제로는 며칠에 불과했지만, 볼 데가 별로 없어서 관광은 첫날 끝나버렸고 나머지는 귀찮기만 한 나날이 이어져 지친 『붉은 맹세』는 마침내 돌아갈 날이 되자 마음이 놓이는 표정이었다.

마일만큼은 노인들의 이런저런 이야기를 들어주면서 귀여움을 독차지하고 과자도 잔뜩 받았지만, 노인들을 상대하는 것이 어디까지나 서비스 정신에서 비롯한 메비스나, 그런 데 서툰 레나와 폴린은 과연 하루하루 지루했을 것이다.

하지만 그것도 마침내 끝나고 드디어 엘프 3인조를 호위해 돌아갈 날이 찾아온 것이다.

"여러 가지로 신세 많이 졌어……."

"그런데 괜찮을까? 장로님 쪽에서 긍정적으로 받아들인, 너희가 제안한 계획……."

""""아하하…….""""

이마에 땀을 흘리며, 웃음으로 얼버무리는 마일 일행.

((((내 알 바 아니야~!))))

그리고 마일은 생각했다.

'만약 엘프가이 계획이 대실패로 끝난다면 그건 엘프들에게 어마어마한 악몽……. 응, 그야말로 『엘프 가이의 악몽』*…….'

엘프들을 걱정하나 했더니, 여전히 마이페이스인 마일이었다…….

―――――

*영화 『엘름가의 악몽』에서 비롯한 말장난. 한국 제목은 『나이트메어』.

'그나저나 인간 도시에서 이것저것 사려면 운송 수단이 필요하겠구나…….'

그렇다, 이번에는 마일의 수납 마법(아이템 박스)이 있었지만, 평소에는 마을에 돌아오는 사람이 등에 직접 짊어지는 방법밖에 없다.

마력이 강해서 인간보다 높은 비율로 수납 마법을 쓸 줄 아는 자가 많은 엘프지만, 그렇더라도 그 숫자가 결코 많은 것은 아니다. 쓸 수 있는 자가 한 나라에 두 자릿수밖에 없는 인간에 비해서 많다는 이야기이지, 모집단이 너무 다르기에 마을마다 한 명 있을까 말까 하는 수준이리라. 그리고 만약 있다 해도 마일만큼 엄청난 용량일 수는 없다.

'뭔가 물자를 대량으로 운반할 수단이 없을까……. 소형 캡 오버 트럭 같은…….'

그리고 마일의 머리에 한 단어가 떠올랐다.

"이스즈 엘프*!"

갑자기 소리치자, 순간 움찔하는 레나 일행이었지만 바로 무시하고 원래 상태로 돌아왔다.

……익숙하다. 단지 그것뿐이었다.

그리고 마일의 기행에 익숙하지 않은, 게다가 마일이 외친 단어 속에 『엘프』가 포함되어 있었기에 무슨 일인가 싶어 동요하는 엘프 3인조였다…….

하지만 마을의 위치를 알기 어렵게 하려고 짐승이 다니는 길 등

---

*일본의 트럭.

을 지나치게 되어 있는 루트는 당연히 마차고 소형 트럭이고 다니기 불가능했고, 그렇다고 해서 도로를 깔면 누구나 엘프 마을에 쉽게 드나들 수 있게 되고 만다.

……그런 문제 이전에, 일본 트럭을 입수할 방법이 없었다.

그렇다면 인간 도시에서 엘프가이까지는 말 한 마리가 이끄는 소형 마차가 지나갈 수 있게 정비해서 관광객의 이동과 물자 운송이 편리해지게 만들고, 거기에서 몰래 엘프 마을로 물자를 옮길 수 있게 해야 하리라.

"으으음, 일단은 엘프가이와 마을을 오가는 운송용으로 일륜차라도 개발해야 하나……."

여기서 마일이 말하는 『일륜차』란 물론 외발자전거가 아니라 공사 현장 같은 데서 쓰는 손수레를 가리킨다. 그게 있으면 이론상으로는 타이어 하나 지나갈 폭만 되면 짐승들이 다니는 길이라도 쓸 수 있다. ……어디까지나 이론상으로 말이지만…….

\* \*

그렇게 별일 없이 귀환하여 무사히 호위 임무를 마친 『붉은 맹세』.

의뢰비는 길드에서 주기 때문에 왕도에서 해산할 때는 엘프 3인조로부터 아무것도 받지 않았다.

계약 이외의 일도 몇 가지 부탁받았기에 원래라면 별도 할증 요금이라든지 추가 사례금을 줘도 이상하지 않지만, 폴린이 일부러 보내는 듯한 시선을 피하며 감사만 건네고 재빨리 달아나는 3인 조였다. 아무래도 이번 의뢰비와 가족들에게 준 선물 등으로 돈이 많이 나가 꽤 쪼들리는 상황인 모양이었다.

폴린이 벌레 씹은 표정을 지었지만 어쩔 수 없다. 원래 곤경에 처한 지인에게 무료 서비스를 해줄 작정으로 좀 도와준 것뿐이니까…….

의뢰 완료서에 사인과 함께 적힌 평가는 물론 A였기에 그걸로 만족하는 수밖에 없었다.

"자, 이번에도 무사히 임무 완수. 그것도 엘프의 지명 의뢰에 A 평가를 받았어. 우리 『붉은 맹세』의 이름을 높이기에 충분한 성과야. 자, 길드 지부로 당당히 돌아가자!"

"""하앗!"""

역시 파티 리더 메비스. 추가 보수를 받지 못해 약간 불만스러워하던 폴린도 기분이 풀린 듯했다.

"그나저나 에이투르 씨랑 샤라릴 씨는 이제 마판으로 돌아가시겠죠? 여기서 헤어져도 괜찮을지…….."

"그야 승합 마차 아니면 상단 마차를 타고 갈 게 뻔하잖아? 물이 무한정 나오고 치유 마법이랑 공격 마법을 쓸 줄 아는 미녀 엘프 2인조인데, 차비를 받기는커녕 오히려 돈을 주고서라도 태우려고 할걸."

"아, 그렇구나…….."

레나의 설명에 납득하는 마일.

"그리고 둘이서 도보 여행을 하더라도, 주요 가도 부근에 출몰

하는 마물 정도는 문제없이 물리칠 수 있을 거고, 도적도 원거리에서 폭렬 마법을 연타한 시점에서 달아나겠지."

"……호위, 필요 없잖아요……. 아니, 오히려 자기들이『호위하는 입장』아닌가요……?"

레나에 이은 메베스의 설명에 마일이 그렇게 말했지만, 인제 와서 새삼스럽다.


그리고 몇 개월 후 드워프 마을에서 대표자가 찾아와『드워프 가이』건설 계획에 관해 상담하고 싶다고 부탁할 줄은, 이 시점에서 마일 일행은 상상하지도 못했다.

아마도『엘프 가이』계획이 예상한 것 이상으로 성공했고, 그 사실을 알게 된 드워프들도 혹한 모양이었다. 역시 드워프는 엘프에 대한 대항 의식이 강했다.

그리고 물론 마일 일행의 대답은…….


"""""내 알 바 아닌데~~!!"""""

# 제102장  적

"『붉은 맹세』여러분, 길드 마스터가 부르십니다."

"""""아~……."""""

큰돈을 좀 벌어볼 생각으로 폐광산에 잠입해 마물을 퇴치하러 갔던『붉은 맹세』는 길드 지부로 돌아오자마자 접수원의 말을 듣고 지긋지긋하다는 표정을 지었다.

길드 마스터의 호출이라면 해결하기 어려운 일을 강요하려는 것이거나 잔소리를 하거나 둘 중 하나밖에 없다. 그러니 마일 일행이 그런 표정을 짓는 것도 무리는 아니었다.

참고로 이번 폐광산에 잠입한 것은 딱히 그런 의뢰를 받았기 때문이 아니라 폴린의『마일짱의 탐색 마법을 쓰면 땅속에 묻혀 있는 광석을 쉽게 찾아낼 수 있지 않을까?』라는 아이디어 때문이었다. 만약 광석을 대량 발견한다면 운송은 마일의 수납 마법으로 편하게 할 심산이었다.

……하지만 광산과 관련된 프로들이 못 보고 지나칠 리 없기에, 쉽게 파낼 수 있을 만한 장소에는 순도 높은 광석이 하나도 남아 있지 않았는데…….

요컨대 허탕을 치고 말아서 마일, 레나, 메비스는 둘째치고, 폴린이 몹시 낙담했다.

돈을 벌지 못해서인 것도 있지만 동료들을 헛걸음하게 만든 데 대한 죄책감이 커서 그럴 것이다.

"뭐, 어쩌겠어. 우린 길드 직원이 아니지만 헌터도 길드라는 조직의 일원이니까 윗사람이 하는 말은 들어야겠지……."

우등생처럼 말하는 메비스.

"물론 말도 안 되는 소리를 늘어놓으면 거절할 거지만!"

어디까지나 자기중심적인 레나.

"모든 것은 보수금에 달렸죠……."

그리고 어디까지나 돈 중심인 폴린과…….

"여러분, 특별 의뢰 이야기일 거라고 단정 지으시는 것 같은데, 또 지난번처럼 하소연이나 설교일 가능성도……."

"""으……."""

마일의 지적에 세 사람은 입을 다물었다.

"일단 가보지 않으면 모르는 거니까. 다들, 가보자!"

"""하앗!"""


"……왔나. 실은 너희에게 부탁하고 싶은 게 있어."

길드 마스터의 말에 안도하는 표정을 짓는 『붉은 맹세』. 아무래도 설교 내용에 짐작 가는 바가 있어 걱정한 모양이었다.

그리고 평소에는 호출에 의한 의뢰를 꺼리는데 이상하게 이번에는 안심하는 『붉은 맹세』의 모습에 의문스럽게 여기면서도, 어쨌든 나쁜 상황이 아니기 때문에 계속 이야기를 이어나가는 길드 마스터였다.

"얼마 전부터 오브람 왕국의 분위기가 조금 이상하다는 소문이 돌고 있어. 그래서…….."

"그럼 또 위장 상단의 호위를?"

당연히 그렇게 묻는 마일이었는데…….

"아니, 이번에는 그런 레벨……이랄까 상황이 아니야. 그래서 평소처럼 『헌터의 수행 여행』으로, 너희끼리 자유롭게 움직여줬으면 좋겠어."

"""……………."""

또 수상쩍었다.

소스는 『소문 이야기』.

그리고 나라에는 조사 부문이 있고 간첩, 첩자(현지 정주형 첩보원)도 있을 터였다. 그런데 왜 굳이 그런 방면에서 초보인 민간 헌터에게 의뢰하는 것일까.

물론 이 의뢰가 길드에서 나온 것일 리는 없다. 당연히 나라에서 낸 의뢰, 정확하게 말하면 군부 아니면 왕궁에서 낸 의뢰라고밖에 생각할 수 없다.

"……자세한 설명을 듣기 전에 저희끼리 잠시 논의하게 해주세요."

이런 이야기는 자세한 설명을 들어버리면 거절할 때 여러 가지로 성가셔지는 경우가 많다. 그래서 이 단계일 때 『더 듣지 않고 바로 거절할지, 아니면 좀 더 이야기를 들어볼지』 상의하는 것은 별로 이상하지 않았다. 이야기를 다 들었다고 해서 거절 못 하는 것도 아니지만······.

　그리하여『붉은 맹세』멤버들은 길드 마스터의 승낙을 얻은 후 다른 방으로 자리를 옮겨 상의하기 시작했다.

　"어떻게 생각해?"

　"""수상해!"""

　메비스가 묻자, 입을 모아 대답하는 마일, 레나, 폴린.

　"물론 나도 그렇게 생각해. 하지만 길드 마스터는 우리를 속이거나 함정에 빠트릴 사람이 아니고, 이 이야기에는 여러 가지로 이점도 많아. 그중 하나는, 의뢰 임무를 받았지만『수행 여행』인 척하면 된다고 했으니까 평소대로 여행하면서 평소대로 현지에서 다른 의뢰를 받아도 되는 거야. 즉······."

　"이중으로 돈을 벌 수 있다는 거네요!"

　폴린이 덥석 물었다.

　"맞아. 당연히 행동 중에 의뢰비를 받을 수 있고, 설마 현지에서 의뢰를 받아서 번 돈을 넘기라고 하진 않을 테니. ······그러니까 폴린이 말한 것처럼 두 배로 벌 수 있는 거지. 또 물론 수행 여행이니까 우리의 지식과 경험치가 올라가는 건 당연하고. 게다가 국내 의뢰, 그것도『당국』의 의뢰로 원정 가는 거니까, 그 사이의『국내 활동 의무 기간』의 카운터는 멈추지 않아. 다시 말해서, 국외에서 여행하는 동안에도 헌터 양성 학교를 무료로 다닌 대가로 해야 하는 국내 활동 의무 기간의 카운터가 계속 올라간다는 뜻이야. 뭐, 우리야 다른 나라로 거점을 옮길 생각도, 그럴 이유도 이익도 없으니 그건 별로 중요한 문제가 아니지만……."

그렇게 말하며 마일 쪽을 힐끔 쳐다보는 메비스.

그렇다, 조기에 그와 관련될 가능성이 있는 사람은 다른 나라의 작위와 영지, 영민을 가진 마일뿐이었다.

레나와 폴린은 메비스의 그러한 시선을 알아차렸지만, 정작 마일은 아무것도 모르는 눈치였다.

"게다가 분명『윗사람』이 낸 의뢰일 테니까 공적 포인트가 확 올라가겠지. 또 우리가 거절하면『윗사람』의 체면상 길드가 곤란해질 테니, 순순히 받아들여서 생색도 내고 여러 가지로 장차 도움이 될지도 몰라."

"……구미가 당기네."

"너무 당기네요……."

레나와 폴린의 대답에 고개를 끄덕이는 마일과 메비스.

"그런데 왜 우리한테 이 제안이 온 것 같아요?"

마일의 질문에 메비스가 대답했다.

"물론 저번 제국 일로 특별히 뽑힌 것도 있겠지만 우리의 나이와 여성 파티라는 요소 때문에 간첩으로 의심받을 확률이 희박하다는 점. 신입으로 보이지만 꽤 강해서 살아 돌아올 확률이 높다는 점. ……그리고 아마도 지난번 가짜 상인(정부의 첩보부)의 추천 때문이겠지……."

""""아, 역시…….""""

다들 그렇게 생각한 모양이었다.

"그러니까 아마 이번에는 길드 마스터의 인선이 아니라 지명 의뢰일 거야. ……뭐, 길드 마스터의 인선이었더라도 우리가 선택되었겠지만……. 자세한 설명을 듣고 나서도 내용이 허무맹랑하거나 우리의 뜻과 맞지 않으면 물론 거절하자. 우리『붉은 맹세』는 창피한 의뢰는 절대 받지 않으니까. 일단 설명을 자세히 들어보자. 그리고 이번에는……."

"""『강하게 나가서 조건을 올리는 거야!』"""


"일단 상세한 내용을 들어보기로 했습니다."

"그래, 다행이군!"

『붉은 맹세』의 방침을 잘 아는 길드 마스터는 그럴 거라고 예상했지만 메비스의 말을 듣고 안심했다.

"물론 자세한 이야기를 들은 다음에 거절해도 상관없네. 가능하면 그렇지 않기를 바라지만……."

역시 길드 마스터의 입장에서는『붉은 맹세』가 이 의뢰를 거절하면 곤란한 듯했다. 강요할 수도 없고 괴로운 처지이리라.

"그전에 한 가지 질문해도 될까요?"

마일이 길드 마스터에게 물었다.

"그래, 뭐지?"

"오브람 왕국이 어디예요? 아주 먼 곳인가요?"

"""…………."""

방이 정적에 휩싸였다.

"마일, 너……."

"마일, 아무리 그래도 이건 좀……."

"마일짱⋯⋯."

그리고 길드 마스터가 큰 목소리로 알려 주었다.

"우리나라 바로 옆이라고!"

"네? 바로 옆이라면 서쪽은 브란델 왕국, 남서쪽은 아르반 제국이고, 동쪽은 마레인 왕국이고, 북쪽이랑 남동쪽은 바다잖아요?"

"북동부에 아주 살짝, 오브람 왕국이랑 접하고 있어! 오브람 왕국은 북쪽 바다를 따라 동서로 좁고 길게 이어진 나라로, 그 남쪽은 마레인 왕국, 트리스트 왕국과 광범위하게 접하고 있고 동쪽 나라와도 접하고 있어서 면적상 다른 나라와의 국경선이 무척 길지. 게다가 반대쪽은 바다여서 만약 다른 나라가 침략하면 최전방에서 후방까지의 거리가 짧은 데다가 뒤로 피할 데가 없기에 순식간에 왕도가 포위될 가능성이 있어. 그래서 주변국과 우호 관계를 유지하려 최선을 다하고, 만에 하나 어느 나라가 공격해 오면 다른 주변국이 그 나라를 측면에서 공격해 도와주는 상황을 만들려고 좌우지간 외교에 주력하는 나라야. 주변국에 기근이나 재해가 생기면 돕기 때문에, 다른 나라 국민의 인상이 나쁘지 않지. 그런 나라가 수상한 일을 꾸민다고는 도저히 생각할 수 없어. 하지만⋯⋯."

"이상한 소문이 돌고 있는 건 사실이고,『소문』에 지나지 않기 때문에 우리 쪽에서 괜히 확인하거나 물어볼 수도 없고, 관계에 금이 가는 행동도 할 수 없다는 건가⋯⋯."

"바로 그거야. 너희는 이해가 빨라서 참 좋다니까."

마치, 이미『붉은 맹세』가 이 의뢰를 받기로 정해졌다는 듯이 말하는 길드 마스터였는데, 물론 그것도 작전이고 의도적으로 한 발언이리라.

하지만 그런 잔꾀가 통할 정도로 『붉은 맹세』는 만만하지 않았다.

"그래서 구체적으로 우리한테 뭘 의뢰하고 싶은 건데?"

"저희는 위법 행위나 전쟁의 계기가 될 수 있는 일 그리고 죽고 난 후 여신 앞에서 당당하게 말할 수 없는 일은 받지 않아요."

레나와 메비스가 먼저 못을 박았다. 지난번 일을 떠올려 봐도 그렇지는 않겠지만 혹시 모르는 일이기도 하고, 주도권은 우리 쪽에 있다는 것을 어필하기 위해서였다.

길드 마스터도 어린 소녀의 서툰 교섭술을 간파하고 있었지만, 그래도 잘 받아주는 것이 어른의 여유다.

"알고 있네. 아무리 국가가 한 의뢰라도 길드가 중개하는데 위법한 일, 부끄러운 일은 들어오지 않아. 전부 길드 헌장을 바탕으로 한 정규 의뢰뿐이야. 눈앞의 이익만 노리다가 길드 전체의 신뢰를 잃는 짓은 절대 할 수 없고, 만약 그런 짓을 했다간 길드 추방은 물론이고 최소 참수, 최악의 경우 교수형이지."

"하하…… 둘 다 별로 다르지 않은 것 같은데……."

진짜인지 그냥 레퍼토리인지 알 수 없는 길드 마스터의 말에, 메마른 미소를 흘리는 메비스.

아무튼 서로에 대한 견제와 『인사』는 끝났다. 이제 남은 것은…….

"자, 그럼 자세히 얘기해볼까?"

본론이다.

* *

길드 마스터의 이야기에 따르면 이웃 나라 오브람 왕국에 어떤 문제가 발생한 모양이었다.

딱히 모반이나 봉기가 일어났다거나 표면적으로 무슨 일이 생긴 것은 아닌데, 작은 마을이 갑자기 망하거나 갑자기 마물이 나타나 큰 피해가 나거나 전멸하는 상단이 나오는 등…….

아니, 하나하나 따지면 별로 이상한 일이 아니다. 마물이 늘어나면 마을 하나가 없어질 수 있고, 마물의 폭주(스탬피드)로 여러 마을과 도시가 한순간 지도에서 사라지기도 하고, 대규모 도적단이 형성되어 상단의 피해가 급증하는 것은 흔히 있는 일이다.

그런데 왜 『이상한 소문』이 퍼지고 있는가…….

정말로 곤란한 일이 일어났다면 주변국에 정식으로 주의 환기를 고지하고 원조 요청을 하겠지. 그게 없다는 건 썩 곤란한 일이 아니거나 혹은 다른 나라에 알릴 정도로는 곤란하지 않거나, 아니면 『알리고 싶지 않은 일』인 것일까…….

하긴 다른 나라에 도움을 청하면 큰 빚을 지게 되는 것이며, 국가의 수치이기도 하다. 따라서 도움 요청을 망설일 수도 있다. 그리고 이쪽이 억지로 집요하게 물어볼 수도 없다. 하지만…….

"어느 정도 곤란한 정도라면 보통은 간첩들이 정보를 입수했겠죠. 그리고 멀리 있는 나라라면 모를까, 바로 이웃 나라면 언제

이 나라에도 영향을 줄지 모르잖아요……."

그렇다, 마일의 말이 맞았다. 소문이 퍼지고 있는데 위에서는 정식으로 움직이지 않고, 다른 나라의 간첩이 쉽게 상황을 파악할 수 없다. 그렇다고 내버려 두기에는 너무 불안하다.

……그렇다면 소문이 퍼진 곳, 즉 거리로 나가서 서민들 틈을 파고들어 열심히 정보를 모으는 수밖에 없겠지. 그것도 오브람 왕국 측이 눈치채지 못하게 비공식적으로 몰래…….

"아, 『첩자』들은?"

아무리 우호국이라도 간첩은 심는다. 언제 정변이 일어나 적대적 정권이 탄생할지 모르니까…….

그리고 모반과 찬탈로 세운 정당성이 불명확한 정권이 외부에 적을 만들어 국민의 불만을 밖으로 돌리고 나라를 하나로 뭉치게 한다거나, 혼란을 틈타 정적을 제거하려는 목적으로 정권을 빼앗자마자 다른 나라와 전쟁을 벌이는 것은 상투적 방식이었다.

"어느 마을이 망했다거나 어느 상단이 전멸했다는 이야기는 들리는데 '왜'인지를 모르는 모양이야."

"아~……. 그런데 어디가 『이상한 소문』이라는 거예요? 마을이 망하고 상단이 전멸하는 건 단순 피해 정보니까 딱히 이상하지는 않잖아요?"

"그걸 확인하는 게 의뢰 내용이야."

"""""그게 뭐야…….""""""

상대의 비밀을 알아내는 것이라면 모르겠지만, 상대도 모르는 일은 도저히 알아낼 방도가 없고 오브람 왕국 측도 파악하지 못한 것을 고작 몇 없는, 게다가 몰래 활동할 수밖에 없는 간첩한테 알아보라고 해도 무리가 있다.

"흐음……. 앞 의뢰랑은 완전히 다르네……."

"다행이에요. 똑같은 전개면 클레임이 들어올 테니까."

"어디서?"

마일의 알 수 없는 발언에 메비스가 뭐라고 중얼거렸지만 그대로 무시당했다.

사실 마일은 언젠가 소설에 쓸 소재가 끊기면 자신들의 활동을 바탕으로 한 헌터물 시리즈를 쓸 생각이어서, 그에 대비해 매일 일기를 쓰고 있었다.

그래서 똑같은 전개가 이어지면 곤란하다고 생각했는데, 지난번 제국 편과 도입 부분은 비슷해도 내용이 다를 것 같아 안심했다…….

'……하지만 첫 부분만 읽고 클레임 거는 독자도 있으니까 방심하면 안 돼요. 복선 회수와 설명, 비밀이 풀리는 건 다음 권에 나올 걸 알면서도 그 부분은 어떻게 된 일이냐, 앞으로는 어떻게 될 예정이냐 막 물어도 곤란하다니까요! 작가가 자기 입으로 스포해서 어쩌자는 거냐고요, 진짜! 좀 참고 기다리세욧!'

"마일, 왜 그래? 뭔가 갑자기 표정이 무서운데……."

"아무것도 아니에요!"

"""""……"""""


"아, 아무튼 오브람 왕국을 여행하면서 이상한 점이 있으면 대충 보고하면 되는 거지?"

지금 마일을 건들면 안 된다는 것을 눈치챈 레나가 아무 일도 없었다는 듯 길드 마스터에게 물었다.

"아, 그래, 그런 거야. 물론 정규 간첩(간첩에 정규가 어디 있겠느냐마는)도 있을 테고 왕궁의 입김이 들어간 상인, 첩자, 외교관, 기타 등등 다른 자들도 하던 대로 활동하고 있을 테니 설령 너희가 아무 성과를 거두지 못한다고 해도 크게 문제가 될 건 없어. 어디까지나 너희는『운 좋게 어떤 뜻밖의 성과를 거둬준다면』하는 느낌으로, 뭐라고 표현해야 좋을까, 으음…… 특별히 기대하는 것은 아닌, 아니, 그게 아니라 ……버리는 말? 아, 아니 그것도 아니야, 방금 그 말은 취소! 아~ 음~……."

왠지 점점 최악의 상황으로 치닫는 것 같아 당황하는 길드 마스터.

"하고 싶은 말이 뭔지 대충 알 것 같으니까 너무 무리하지 마세요……."

"그, 그래?!"

메비스가 도와주자 그제야 안심하는 길드 마스터였다.

레나 일행도 대강의 뉘앙스는 파악한 듯했다. 뭐, 그런 거겠지…….

"사실은 너희에게 의뢰하는 걸 강하게 추천한 자들이 있는 모양이던데……."

""""역시…….""""

지난번 보고 내용을 통해 길드 마스터도『붉은 맹세』를 추천한 자가 누구인지 짐작하고 있으리라. 그래서『붉은 맹세』가 중얼거리는 소리에 씁쓸하게 웃었다.

\* \*

"……결국 받아들였는데요……. 공적 포인트를 5할 늘리는 조건으로."

"뭐, 어쩌겠어. 의뢰금 증액이나 국내 활동 의무 기간 단축 같은 건 돈의 출처가 헌터 길드가 아닌 이상 길드 마스터가 손쓸 방법이 없으니까. 게다가 어차피 여기는 재미있는 의뢰도 없어서 매너리즘에 빠지기도 했고……."

"돈을 이중으로 벌 수 있는 것도, 공적 포인트도, 길드와 나라 상위층에 빚을 만들어 두는 것도 마음에 들고요……."

"양성 학교 수업료랑 기숙사비 변제 의무가 끝날 때까지 국내 활동 의무 기간 카운터는 계속 올라가고 있는 것 같고요……."

"""""문제는……."""""

\* \*

"왜 그렇게 빨리 두 번째 수행 여행을 떠나는 건가요오오옷! 첫 번째 여행에서 돌아온 지 얼마 되지도 않았는데! 게다가 그 후에 바로 장기 호위 의뢰를 맡아 제국으로 가버렸고, 그 후에도 며칠씩 나가는 의뢰를 자꾸 받았고, 엘프 마을에도 가고……. 우리 여인숙의 숙박객으로서 좀 자각을 가지고 목욕탕 급유나 모객에 진지하게 임해주지 않으면 곤란하다고요!"

그렇게 말하며 진심으로 화내는 레니짱.

"저기~, 저, 레니짱이 무슨 말을 하는지 잘 이해가 안 되는데요……."

"안심해. 나 역시 하나도 이해가 안 되니까!"

"저도예요……."

"아하하……."

마일에 이어 곤혹스러운 말을 흘리는 레나와 폴린 그리고 힘없이 웃는 메비스였다.

"뭐, 이럴 줄은 알고 있었어."

"마일짱이 잘 말하는『예상했던 범위 안이야!』인 거죠."

"여인숙은 숙박객에게 어디까지 봉사를 요구할 수 있는 걸까?"

"아…하하……."

* *

"그럼 출발합니다!"

무사히 레니짱을 떼어내고 왕도를 출발한『붉은 맹세』일행.

국경을 넘을 때까지는 왕도간 시탄 특급 마차로 이동했다.

『시탄(矢彈) 특급』이란 일본의『탄환 특급』에 해당한다. 탄환이라는 단어가 없으니 화살처럼 빠르며 논스톱이라는 뜻으로 쓴 것이리라…….

마일 혼자면 뛰는 편이 더 빠르지만, 아무리 짐을 대부분 마일의 수납에 보관했어도 폴린의 걸음 속도에 맞춘 장기간 도보 이동을 하게 되면 이웃 나라까지 가는 데 상당히 시간이 걸린다. 그래서 국경을 넘을 때까지는 고속 마차를 이용하기로 한 것이다.

국내를 이동하는 동안에도 물론 의뢰비는 나오지만, 맡은 임무 내용의 면에서는『임무 대상이 아닌, 그냥 흘려보내는 시간』이기에, 빨리 넘길 생각이었다.

"소녀의 시간은 짧은 법이니까. 허투루 쓸 수야 없지!"

"맞아요. 그리고 차비는 별도로 경비 청구가 가능하니까요. 숙소비랑 식비가 경비에 포함되지 않는 건 열 받지만……."

"뭐,『숙소비와 식비는 이 의뢰를 받지 않아도 어차피 쓰잖아요? 그런 건 경비로 인정할 수 없습니다. 정보 수집을 위해 술집으로 간다면 교류비 또는 접대비로 청구해도 됩니다만』이라고 나오니 반론할 수 없었지. 폴린도 대답 못 했잖아."

"윽……."

메비스의 말에 이번에도 대답하지 못하는 폴린.

그 이후에 의뢰처 담당자(분명『그쪽 방면』인 듯한 사람)를 만나 여러 가지 사항을 확실하게 논의하는 자리에서 그런 이야기를 들었다.

뭐, 정당한 부분은 경비로 쳐서 별도 지불해주는 것만으로도 후한 대접이라고 할 수 있으리라. ……이동할 때 이외의 식비는 전부『교류비』로 돌리면 그만이니까.

"뭐, 그런 것까지 포함해도 충분히 짭짤한 보수금이니까요……."

121

마일이 그렇게 말하며 수습하려 했지만 폴린은 아직 납득하지 못하는 모습이었다.

다소의 문제는 신경 쓰지 않아도 될 만큼 좋은 보수금을 제시받았는데 왜 폴린은 그렇게까지 돈에 집착하는 것일까.

그 이유는 바로 『돈 모으는 것을 좋아하니까』다.

……인정머리라고는 없다.

사람은 자기 일에서 보람과 즐거움을 찾는 법이다. 장인은 자신의 기술과 작품에, 농민은 작물의 생장에, 교사는 제자의 성장에.

……그렇다면 상인은?

그렇다, 장사에 성공해 돈을 모으는 것이 즐거움이자 일을 하는 보람 나아가 삶의 보람이다. 게다가 목표 금액이 정해져 있고 그 돈으로 실현 가능한 꿈이 있다면 돈을 모으는 기쁨은 몇 배로 커진다.

무예가가 강한 힘을 원하는 것이나 학자가 지식을 원하는 것은 칭찬받는데, 상인이 돈을 원하는 것을 칭찬받지 못할 까닭이 없다!

"그렇게 생각하지 않나요? 여러분!"

"아니, 그렇게 필사적으로 주장해도……."

"메비스가 검사로서 검 실력을 키우기 위해 필사적으로 구는 건 다들 아무 말도 안 하잖아요! 그런데 왜 상인인 제가 돈을 모아 재력을 키우기 위해 필사적으로 굴면 수전노라는 둥 돈에 인색하다는 둥 사람을 매도하나요! 이상하잖아요, 네에?!"

"아, 아니, 그게……."

'마일, 좀 도와줘! 메비스는 상대가 안 돼!'

'아니, 하지만……. 레나 씨야말로 좀 도와주시지…….'

'난 무리야!'

메비스에게 너무나 미덥지 못한 동료들이었다…….

* *

"드디어 도착했어."

"여기가 국경 도시인가요……."

아직 국경선을 넘은 것은 아니다. 국경선 바로 앞에 있는, 흔히 말하는 『국경 도시』에 다다라 마차에서 내렸다.

나라 상황을 알아보려면 국경을 넘는 지점부터 시작해야 한다. 그래야 뭐랄까, 일종의 『감각』을 느낄 수 있는 것 같으니까.

그리고 그러한 마일의 주장을 레나 일행도 납득하고 받아들였다.

이 도시에 와서 마차에서 내리는 사람과 올라타는 사람이 있었다. 그래서 국경을 코앞에 두고 내린 『붉은 맹세』는 별로 튀지 않고 지극히 평범한 여행객으로만 보였다.

오늘은 이곳에서 하룻밤 묵고, 내일 아침 국경을 넘을 예정이었다.

"딱히 특이한 점은 없네……."

"뭐, 아직 티루스 왕국에서 벗어나지 않았으니까요. 그리고 그리 쉽게 변화를 알아차릴 수 있으면 증상이 이미 말기에 해당할 테니 우리에게 조사 의뢰가 들어오지도 않았겠죠."

"으……. 하, 하긴 그것도 그래……."

"".............""

별생각 없이 중얼거린 것뿐인데 폴린이 정색하고 지적하자, 레나가 조금 가엾게 느껴지는 마일과 메비스였다.

아니, 폴린에게도 악의는 없었겠지만 좀 더 뭐랄까, 어른스러운 대응이랄까, 배려라고 할까…….

혹시 아직도 숙박비와 식비가 경비에 포함되지 않은 게 불만스러워서일까…….

"어쨌든 오늘은 이 도시에 있고 내일은 오브람 왕국 쪽의『국경 도시』에 가자."

"""하앗!"""

둘 다 국경에 근접한 도시이기에 거리는 별로 멀지 않다. 하지만 두 도시를 비교한다고 할까, 분위기가 다른 점이 있는지 확인해보는 것도 이런 조사를 할 때 중요했다.

『붉은 맹세』멤버들은 모두 원래 바보가 아니기 때문에 진지하게 토의하면 꽤 제대로 된 계획을 세울 수 있었던 것이다.

* *

그리고 이틀이 지난 후 아침.

"결국 특이한 점은 발견 못 했네…….."

국경을 넘고 하룻밤을 더 보낸『붉은 맹세』였는데, 물론 그런 곳에서 뭔가를 알아낼 수 있다는 생각은 하지 않아서 애초에 기대도 없었다. 어디까지나『빠짐없이 꼼꼼히 조사하기』라는 지나

친 착실함에서 비롯한 것이다.

"네. 그럼 이제부터 본격적으로 움직여 볼까요!"

오브람 왕국은 동서로 가늘고 길게 뻗은 나라다. 그래서 남쪽에 있는 마레인 왕국이나 트리스트 왕국에서 입국했을 경우, 그대로 직진하면 눈 깜짝할 사이에 북쪽 바다에 다다른다.

하지만 서쪽에 있는 티루스 왕국에서 입국했을 경우, 마레인 왕국과 트리스트 왕국을 횡단하는 좀 더 긴 거리를 움직여도 동쪽 국경에 도달하려면 시간이 걸린다.

그래서 마일 일행은 진로를 막 변경하지 않고 곧장 동쪽으로 나아가 왕도를 목적지로 삼으면 되었다. 평행 수색과 방형 확대 수색 같은 방식으로 국토 전역을 구석구석 살필 필요 없이, 국토 중앙을 관통하는 주요 가도를 직진하기만 해도 되는 점은 정말 좋았다.

물론 가끔 양쪽으로 난 뒷길로 빠지거나 시골 마을을 지나가기도 할 예정이었지만.

그리고 당연히 도로가 아닌 숲, 산악지대를 통과하면서 사냥과 소재 채취도 할 생각이었다.

『수행 여행』이란 원래 그런 것이고, 주요 가도에서 벗어난 시골을 조사할 필요도 있을 테니까…….

\* \*

"어라, 아가씨들은 신입 헌터인가?"

가도 곳곳에 있는 공터, 요컨대 여행자나 상단이 쉬어가거나 야영하는 장소에서 『붉은 맹세』가 점심 준비를 하고 있는데 반대 방향에서 온 남자 행상인이 말을 걸어왔다.

나이는 마흔 전후로 보였고, 행상인인 만큼 옹골찬 몸에 마음씨 좋아 보이는 인상이었다.

혼자인 그가 아무리 어린 여성이라도 무장하고 있는 4인조 『붉은 맹세』에게 말을 건 것이니 딱히 수상한 꿍꿍이는 없으리라. 그런 생각으로 마일 일행도 별로 경계하지 않고 그냥 『서로 반대 방향으로 가는 여행자』 입장에서 가벼운 정보 교환을 하기로 했다.

이게 꽤 무시할 수 없었다.

산사태가 일어나 산길이 막혔다거나, 폭우가 쏟아져 다리가 유실되었으니 우회해야 한다거나 도적이 출몰하는 곳이니 루트를 변경하는 편이 좋다거나, 아무튼 사소한 이야기 하나가 목숨을 좌우하는 경우가 적지 않으니까. 한편 중요한 정보를 얻으면 감사의 뜻으로 가지고 있는 술이나 식량을 나누는 것이 관례였다.

……이럴 때 현금으로 하는 답례는 멋없는 짓이다. 어디까지나 여행자들끼리 서로 돕는 것이지 절대 이윤을 바라고 하는 행동이 아니어서라나. 분명 그런 풍습이 생긴 데에는 어떠한 이유가 있으리라…….

그리하여 마일은 아무 거리낌 없이 가벼운 마음으로 물어보았다.

"티루스 왕국에서 온 지 얼마 안 되는데요, 이 나라에 무슨 변화 같은 게 있었나요?"

물론 왕도 쪽에서 왔다고 말해도 정말 왕도에서 왔다고 할 수는 없다. 그냥『그 방향에서 온 것』일 뿐이다.

　무거운 짐을 짊어지고 돌아다니며 장사하는 행상인은 행동 범위가 좁고, 매입도 규모가 큰 가게에서 하는 것이 아니기 때문에 정보통이라고 보기는 어려웠다. 그래서 어디까지나 가벼운 마음으로 물어본 것이다. 그리 쉽게 정보를 얻을 수 있다면 누가 고생을 하겠는가.

　"어, 있었어."

　""""있냐아아아!!""""

　"마일짱, 너무 나갔어!"

　"마일, 페이스 분배, 페이스 분배……."

　"마일, 좀 자중해!"

　"엥, 내가 잘못한 거야?"

　모두 그렇게 나오자 납득할 수 없는 마일이었다…….

　"……그래, 어떤 변화였나요?"

　"아, 아아, 요새 이 나라, 여러 가지로 시끄러워……."

　레나 일행의 비난이 멎자 마일이 여전히 납득하지 못한 상태로 상인에게 다시 질문했다.

　"딱히 정변이나 다른 나라와 전쟁이 일어날 것 같다거나 하는 이야기는 아니지만. 뭐랄까 분위기가 무겁다고 해야 하나, 안 좋다고 해야 하나…… 받은 의뢰에 실패하는 헌터가 늘어나서 위약금 때문에 빚이 늘어나 옴짝달싹 못 하거나 다쳐서 은퇴하는 사람이 늘어나서 어느 도시 할 것 없이 헌터 길드 분위기가 안 좋아……. 헌터들 경기가 나빠지면 술집, 여인숙, 유흥가 경기도 따라서 나빠지지. 그렇게 되면 거기서 일하는 사람들도 지갑을 닫게 되니 결국 모든 업종이 힘들어지는 거야. 헌터들은 다른 사람들보다 술집, 여인숙, 식당에서 쓰는 돈이 많으니까……."

'아아, 미군이나 자위대 기지가 있는 도시랑 똑같구나…….'

마일은 전생에서 그런 이야기를 들어본 적이 있었다. 월급이 꽤 많은 데다가 독신 대부분이 기지 내에서 의식주 무료로 사는 군인들은 가처분 소득이 높아 지갑을 잘 연다는 이야기를.

"100개 정도 있는 술집이 간신히 흑자 영업하는 도시에서 술집 전체 매상이 2할 줄어들면 가게 몇 군데가 망할 거 같아?"

그렇게 말하며 상인이 씨익 웃었다. 아마 마일 일행이 뭐라고 대답할지 짐작하고 있겠지.

"몰라요, 그런 건!"

폴린의 대답에 깜짝 놀란 상인. 아무래도 예상하던 답과 달랐던 모양이었다.

"이익률과 고정비, 연간 매출 규모도 모르는데 어떻게 대답할 수 있겠어요?"

"헉……."

그리고 레나가──.

"매출이 0인 가게랑 그대로인 가게로 나눌 수 있는 것도 아니고, 가게 규모와 업태에 따라 매출 감소의 비율은 제각각이잖아?

게다가 자기 건물인지 빌린 건물인지에 따라 매출이 감소해도 버틸 수 있는지 없는지가 달라지고, 변동 요소가 너무 많아서 대답할 수 없지, 그딴 질문에는……."

그 말을 듣고 굳어버린 상인.

"자자, 여러분, 너무 짓궂게 굴지 말고……. 지금은 『20채!』라고 자신 있게 단언해주는 게 어른의 배려랍니다!"

그리고 마일이 마지막 쐐기를 박자 입을 쩍 벌리는 상인.

메비스는 아하하, 하고 곤란한 미소를 지었다.

그렇다, 이 질문에 『20채!』 하고 대답할 사람은 『붉은 맹세』에는 없었다.

원래 그런 대답을 기대하고 한 『행동』으로, 장사의 '장' 자도 모르는 헌터 소녀들에게 설명하기 위한 수순으로 꺼낸 질문인데 생각지도 못한 대답이 돌아오자 정신이 멍해진 상인은 소녀들의 지식에 감탄했다.

"그, 그렇긴 한데…… 이건 그냥 설명하려고 예로 든 말이니까 그 아가씨가 말한 대로 이야기를 마저 들어줘……."

상인이 마일을 손가락으로 가리키면서 비참한 투로 말하자, 반성했는지 미안한 표정을 짓는 네 사람.

그리고 마일이 조용히 말했다.

"100채……."

과연 이제 와서 『20채!』라고 말하자니 너무 천연덕스러워 참을 수 없었던 모양이다.

"……맞아, 100채 전부야."

겨우 다시 이야기를 이어가는 상인.

"모든 가게가 매출이 2할 감소하면 전부 적자가 되어 망하지. ······뭐, 실제로는 절반 가까이 망한 시점에서, 손님들이 겨우 버티고 있는 가게를 찾아갈 테니까 그렇게 되지는 않겠지만, 그냥 설명을 위한 말장난이라고 생각해줘. 아무튼, 살아남은 가게는 손님 지갑이 잘 열리지 않으면 단가를 낮추겠지만, 그간의 적자가 있으니 상황이 나아질 수 없는 거야."

상인의 딸이 두 명, 귀족 딸이 두 명. 그리고 그중 하나는 전생에서 얻은 지식이 있다.

그렇다, 『붉은 맹세』 멤버는 모두 그런 이야기를 잘 이해했다.

"그러면 도시 분위기가 나빠질 수밖에 없겠네요······."

마일의 말에 찌푸린 얼굴로 고개를 끄덕이는 폴린 일행. 상인의 딸로서 남 일 같지 않겠지. ······또한, 상인에게서 거둬들이는 세금이 무척 중요한 귀족의 딸도······.

"그게 다가 아니야. 헌터의 수가 줄어들고 의뢰 실패가 잇달아 일어났다는 건 곧 시골에서 낸 마물 토벌 의뢰가 실패했고, 받아주는 이가 없다는 얘기지. 상단 호위도 인원이 모이지 않거나 레벨 낮은 헌터를 고용할 수밖에 없고······."

"""""아~······.""""""

악순환이었다.

원활하게 돌아가는 『경제』라는 거대 시스템을 파괴하고 싶다면 온 힘을 다해 부술 필요는 없다. 톱니바퀴 틈에 아주 작은 모래알 하나를 넣거나 윤활유만 끊어도 머지않아 잘 돌아가지 않으니까.

"뭐, 그렇게 됐다는 얘기야. 그런데 너희는 어떤 의뢰를 받고 온 거야? 아니면 수행 여행 중? 의뢰를 받은 거라면 신중해야 해. 평소보다 안전 라인을 훨씬 크게 잡고 조심해야 한다고. 특히 의뢰가 정체되어 곤란을 겪고 있는 길드 지부에 얼굴을 내밀면 적당한…… 나쁜 의미로『적당한』쪽으로 의뢰를 강요받을지도 모르니까, 난이도와 위험도를 잘 고민해서 일을 골라야 한다?"

"""""…………."""""

유익한 정보이기도 했고 자신들을 생각해 친절하게 충고해 준 행상인에게 마일 일행은 따뜻한 점심을 대접했고, 마일이 아이템 박스에 넣어 두었던 증류주 한 병을 감사의 뜻으로 선물했다.

야영 준비를 다 마치고 저녁까지 든든하게 먹어 안전을 확보한 다음에 마시라고 신신당부하고 건넸는데, 생각지도 못한 선물에 행상인이 크게 기뻐했으니 정보에 대한 보답으로는 충분하리라.

그렇게 행상인이 거듭 고맙다고 인사하고 떠난 후…….

"다들, 아까 들은 이야기에 대해 어떻게 생각해?"

"으~음,『이상한 소문』의 유력 후보이긴 해요……."

"하지만 다른 나라가 굳이 조사할 정도인가?"

메비스의 말에 폴린과 레나가 자기 생각을 말하는 가운데 마일은 잠시 생각에 잠겼다.

그리고…….

"문제는 헌터의 불운이 이어진 이유겠네요. 그리고 그런 사태를 초래한 사례에 관해서 짐작 가는 부분이 있어요……."

"""응?"""

갑작스러운 마일의 말에 깜짝 놀라는 레나 일행.

마일이 계속해서 말을 이었다.

"만약에 토벌하러 간 헌터들이 맞닥뜨린 의뢰 대상 마물이『무슨 영문인지 일반 마물보다 한 등급 강한 마물』이었다면……?"

"""아…….""""

과연 다들 그러한 경우에 대해 짐작 가는 바가 있었다.

"평균보다 강한 오크……."

"평균보다 강한 오거……."

"드워프 마을의……."

그렇다, 그 정체를 알 수 없는 공간의 균열에서 나타난 것으로 짐작되는『일반적이지 않은 마물들』이다.

만약 정체불명의 균열이 또 생겼고, 거기서 그 마물들이 나왔다면…….

오크를 퇴치하려고 갔는데 오거에 버금갈 만큼 강한『슈퍼 오크』가.

그리고 오거를 퇴치하려고 갔는데 하이 오거에 버금갈 만큼 강한 오거 집단이…….

그렇다, 붕괴하기 직전이던 그 드워프 마을의 재현이었다.

"하지만 그것만으로 이렇게 될까?"

하지만 메비스는 납득이 가지 않는 듯했다.

"그 드워프 마을은 거기가 인간 마을과 꽤 멀리 떨어진 곳에 있는, 반쯤은 고립되다시피 한 곳이었고, 드워프 특유의 자존심이 방해해서 인간들에게 도움을 요청하지 않았던 것, 정보를 흘리지 않았던 것도 있어서 그렇게 된 거였잖아? 일반적인 인간 마을이라면 이상하게 강한 마물이 나타났다는 정보가 곧바로 퍼져서 길드와 군이 빠르게 대처하지 않았을까?"

"아, 하긴……. 그리고 신종에 관해서는 우리의 보고를 바탕으로 이웃 모든 나라의 길드 지부에 통보되었겠지. 여기는 그 사건이 있었던 마레인 왕국 바로 옆 나라고, 우호국이니까. 게다가 길드를 경유하는 것뿐 아니라 길드에서 왕궁을 통하는 국가간 루트로도 이야기가 전달될 테고……. 그런데 그런 대처가 없었다는 것은……."

"네. 첫째는 그 보고를 믿지 않고 무시했다. 둘째, 아직 그 관련성을 알아차리지 못했다. 셋째, 알아차리긴 했지만, 의도적으로 무시했다. 넷째, 알고 있지만, 미처 손쓸 여력이 없거나 그럴 상황이 아니다……."

"""……."""

이럴 때는 머리가 잘 돌아가는 마일의 분석에 납득했는지 입을 꾹 다문 세 사람. 아마도 간과했거나 착각했거나 다른 가능성을 속으로 검토하고 있는 것이리라.

"……뭐, 당사자이고 직접 싸워 본 우리야 감이 딱 오지만, 경험도 별로 없는 다른 나라 젊은 헌터들이 정보원이라고 하면 진지하게 받아들이지 않을 수 있으니까, 꼭 악의가 있어서 무시했다고 보긴 어렵고……. 애초에 의뢰 실패 원인이 『상대가 일반적인 수준보다 강해서』라는 건 F등급 초보자의 변명보다도 창피한 보고니까 평범한 사람이라면 불가능하겠지…….”

"우리조차 마일한테 들을 때까지는 그런 생각을 못했으니까. 비난할 수 없어…….”

"게다가 그것도 아직 마일짱의 예상에 지나지 않으니까요. 사실은 전혀 무관한 다른 원인이 있을지도 모르죠…….”

레나, 메비스, 폴린 역시 마일의 예상이『그럴듯하다』고 생각하지만, 단정 지을 수는 없었다. 어디까지나 원인 후보 중 하나로 고려할 뿐이었다.

……상당히 확률 높은『후보』이긴 하지만.

"뭐, 이제 막 국경을 넘었으니까요. 첫날 바로 해결해버리면 돈도 안 된다고요!”

"아하하, 일리 있네!”

마일의 말에 웃으며 동의하는 메비스.

그렇다, 의뢰를 받아서 하는『유사 수행 여행』은 이제 막 시작한 것이다.

"그리하여 우리의 여행은 그 후로도 계속된 것이었다…….”

““"마지막 회냐!”"”

'옳지, 옳지. 잘 훈련된 것 같네요…….'

레나 일행이 입을 모아 지적하자 회심의 미소를 짓는 마일이었다…….

\* \*

"그 행상인한테 얘기를 들은 지도 벌써 4일이 지났는데요……."

"아무 진전도 없네……."

"설마 입국해서 어쩌다 처음으로 들은 이야기가……."

"가장 좋은 정보였을 줄이야……."

야영지에서 밥을 먹으며, 지친 표정을 짓는 『붉은 맹세』.

그렇다, 그날 이후 4일간 수행 여행 중인 척하면서 가도 옆 야영용 공터에서 만난 여행자, 마을 식당 주인, 다른 손님들, 여인숙 접수 직원, 숙박객, 헌터 길드 직원, 다른 헌터들 등 닥치는 대로 말을 걸어 정보를 모았는데…….

이야기 자체는 많이 들을 수 있었다. 어리고 귀여운 소녀들이 말을 거는데 싫어할 사람은 별로 없으니까…….

게다가 닥치는 대로 말을 걸었다지만 그때그때 장소가 다르니 그리 수상하게 보이지도 않았다. 그래서 조사 자체는 순조롭게 진행되었다. 의뢰주가 『붉은 맹세』에게 지명 의뢰를 낸 이유(상대가 의심 없이 술술 얘기하리라는 기대)는 충분히 그 목적을 달성했다.

그렇다, 문제는 그렇게 들은 이야기 중에 『도움 되는 정보가 하나도 없었다』는 것뿐이다.

"아무런 경계 없이 어떤 얘기든 들을 수 있는 우리도 이 정도니……."

"어엿한 성인 남자일 일반 간첩들이 유익한 정보를 쉽게 얻을 리가 없겠네……."

하지만 메비스의 그 말에 폴린이 반론을 펼쳤다.

"아니죠, 훈남 간첩이 여성을 상대로 물어본다면⋯⋯."

"왜 그 대목에서 나를 보는 거야, 폴린⋯⋯."

마음씨 좋은 메비스도 불쾌한 표정을 지을 때가 있다. 그것을 다시금 인식한 마일과 레나였다⋯⋯.

"어쨌든 처음에 들었던 이야기,『헌터의 사상률이 높아지고 있는 이유』는 대충 파악했네요."

"그래. 길드 직원들은 그 이야기가 퍼지는 걸 썩 원하지 않는 눈치였지만,『사정 청취 때문에 일로 간』술집에서 에일을 쏘고 그 지역 헌터들에게 들은 이야기에 따르면, 정확한 통계를 낸 것은 아니지만 분명 그렇다고 말했었으니까."

"계속 술을 권해서 취하게 만든 다음 진실을 들으려고 했는데, 역시『오크가 생각보다 강해서⋯⋯』라고 말하는 사람은 없었지만요."

헌터의 자존심이 사태를 나쁜 방향으로 움직이고 있는 것일까⋯⋯.

한편 굳이『일로 갔다』고 강조한 메비스는 경비로 쳐서 공짜 밥을 먹는 데 죄책감이라도 느낀 것일까⋯⋯. 레나와 마일은 경비로 청구할 수 있다며 그렇게나 걸신들린 듯 먹어 치웠는데 말이다⋯⋯.

"그렇지! 다음 도시에서는 길드 해체장을 조사해보지 않겠어요? 아무리 강하다고 한들 마물을 한 마리도 쓰러트리지 않은 건 아닐 테니까, 소재로 팔려고 가져오는 마물을 확인해보면⋯⋯."

"그러네, 특이종이면 한눈에 알아볼 수 있다는 거지? 하긴, 드워프 마을에서 잡은 특이종을 가져갔던 해체장에 아저씨도 크기의 차이며 근육이 붙은 모양, 가죽의 굳기 등을 바로 구분했었어. 『지방이 아니고, 근섬유 다발이 부풀어 오른 게……』하면서 막 열변을 토했고……. 좋아, 그럼 그렇게 해보자!"

"""하얏!"""

＊　＊

"……그냥 일반적인 오크네……."

"일반적인 오거, 일반적인 코볼트, 일반적인 뿔토끼예요……."

레나와 폴린의 말대로 전부 눈에 익은 일반종들뿐이었고 특이종은 하나도 없었다.

"어때, 확인하고 싶다는 건……. 뭐 좀 알아냈어?"

해체장에 있는 마물을 보고 싶다는 마일 일행의 부탁을 흔쾌히 들어준 젊은 길드 직원이 그렇게 물었다.

"아, 네. 걱정한 게 일어났다는 사실은 확인하지 못했지만, 『그런 게 없었다』고 확인한 건 큰 성과입니다. 감사합니다!"

그렇게 대답한 마일을 따라 다 함께 머리 숙여 감사했다.

바쁜 와중에 아무 상관도 없는 젊은 헌터들의 영문 모를 부탁을 기꺼이 들어주고 안내해 주었으니 감사 표시, 그리고 이 행위가 결코 의미 없지 않았음을 분명히 전하는 것은 당연했다. …… 설령 이유 자체는 말해줄 수 없어도.

뭐, 부탁한 사람이 어리고 귀여운 소녀들이 아니었다면 이 남자 직원도 굳이 직접 창고(마법을 이용한 냉동실, 냉장실이 달린)까지 안내하지 않았을지도 모르지만…….

*　*

"특이종은 없었네요…….”

"헛다리 짚은 걸까요?”

"으~음…….”

마일의 말에 모두 고민했지만 아무리 생각해도 소용없겠지. 결론을 내리기에는 정보가 압도적으로 부족하니까.

"뭐, 그리 빨리 끝날 의뢰라고 생각하지도 않았고, 마감일이 정해져 있는 것도 아니니까 느긋하게 해봐요. 다른 의뢰도 받아서 돈이랑 공적 포인트를 쌓아 C등급의 최소연수가 지나면 바로 승급 시험을 치를 수 있게…….”

마일이 그렇게 말했는데…….

"마일짱, 돈을 모으자는 의견에는 대찬성이지만 B등급 승급 시험을 치르는 데 필요한 공적 포인트라면 이미 다 모았는걸?”

"엥…….”

"당연하잖아. 와이번 포획, 조사대 구출, 도적 퇴치, 수인과 고룡의 관계 악화를 미연에 방지, 기타 등등……. 너, 일반적인 C등급 헌터가 B등급이 되기 위해 그 이상으로 어떤 의뢰를 받아야 한다고 생각하는 거야? 우리가 지금까지 쌓은 실적으로 B등급 승급 시험을 못 치르면 B등급이 될 수 있는 헌터 따위 존재하지 않을 거라고!"

"······하, 하긴······."

레나의 말에 납득할 수밖에 없는 마일이었다.

『B등급이 될 수 있는 자격』이 아니라 『승급 시험을 치를 수 있는 자격』인 것이다. 지금껏 『붉은 맹세』가 해낸 난도 높은 의뢰들, 즉 공적 포인트가 유난히 높은 의뢰들로 포인트가 충분할 터였다.

"그래서 지금까지 레나와 메비스가 『빨리 A등급이 되려면 공적 포인트가 많은 의뢰를······』 하고 말한 거고요, 현재까지 포인트를 꽤 많이 모았으니 이제 최소한으로 필요한 C등급으로서의 기간이 지나가기만을 기다리면 돼요. 그러니까 앞으로는 보수금을 중시해서 의뢰를 고르자고요!"

"이 화제에 혹한 건 그 말이 하고 싶어서였지?"

레나가 폴린의 말에 지적했지만, 과연 포인트만 미리 많이 모은다고 해도 그다지 의미가 없다. B등급에서 A등급으로 올라가려면 C등급이 아닌 『B등급 헌터로서의 활약』이 필요하기에, C등급인 지금은 포인트만 과하게 모아도 소용없는 것이다.

아니, 물론 B등급이 되는 승급 시험 때 획득한 포인트도 고려하지만, 레나 일행은 그런 사사로운 점수로 승급하고 싶은 마음이 조금도 없었다. 승급 시험은 시험 때의 실력만으로 돌파한다. 그것이 적어도 레나와 메비스의 바람이었다.

폴린은 그런 부분은 별로 구애받지 않았고 마일은 아무 생각이 없었다.

······아니, 마일은 애당초 승급하고 싶은 마음조차 없었다. 튀

지 않고, 평범한 C등급 헌터로서 그럭저럭 돈을 벌 수 있으면 충분했고, 그 상태로 결혼 상대를 찾으면 그만이라고 생각했다.

"뭐, 나야 상관없지만……."

"아니, 난 나를 단련하고 싶어! 돈뿐 아니라 A등급 검사에 어울리는 강한 힘을, 그리고 최종적으로는 기사가 될 힘을 얻지 않으면 아무런 의미도 없으니까!"

레나의 말을 도중에 끊고 그렇게 주장하는 메비스.

과연 돈이 될 만한 의뢰가 곧 강한 마물이나 강적과 싸우는 의뢰인 것은 아니다.

희귀한 것을 채취하는 의뢰, 실제로는 전투를 벌일 일 없는 보여주기식 호위 의뢰(진짜 호위는 따로 있고 보여주기용으로 그럴듯한 사람을 옆에 배치하는) 등『의뢰비는 비싼데 검사로서 좋은 경험이 되거나 강해질 수는 없는 의뢰』만 받으면 돈을 모으고 싶은 폴린, 어쨌든 A등급만 되면 그만인 레나, 그런 건 아무래도 좋고 오히려 C등급인 게 더 낫다고 여기는 마일이야 괜찮을지 몰라도, 메비스는 불만이 많을 것이다.

"뭐, 그 부분은 임기응변으로……. 그리고 우리가 고르는 일은 돈과 포인트만이 선택 기준이 아니니까요. 제일 중요한 건……."

마일의 말에 모두의 목소리가 겹쳐졌다.

"""재미있을 것 같은 일인가 아닌가!"""

"아……."

"왜 그래?"

"아, 아니, 아무것도 아니에요……."

무심코 흘린 소리를 레나가 놓치지 않자, 대충 얼버무린 마일.

'그러고 보니 차원에 균열이 생기면 나한테 보고하겠다고 나노짱이 말했었던 것 같은데. 내 명령이 없으면 권한 밖의 일은 마음대로 못 하니까 균열을 복구하려면 내 지시가 필요하다면서……. 일일이 나한테 보고하고 지시받지 않아도 자유롭게 복구할 수 있도록 사전 명령을 해달라고 했지만, 그렇게 되면 내가 사태 파악을 못 하고, 나노짱들이 뭔가 감출 것만 같아서 미리 총괄 지시를 내리는 건 거부하고 매번 다 보고해서 내 지시에 따르라고 말했었지. ……그런데 아무 보고도 들어오지 않았다는 건……. 으으음…….'

나노머신에게 확인해볼까 생각한 마일이었지만, 하나부터 열까지 다 나노머신에게 물어본다면 인생이 재미없을 거라는 판단에 생각을 접었다.

자신과 가까운 사람들의 목숨이 걸린 문제에는 그런 팔자 좋은 소리를 할 수 없겠지만, 지금은 그런 상황이 아니다. 게다가 나노머신은 절대 거짓말을 하지 않고, 자신을 배신하지도 않는다. ……정보 제공을 거부하거나 불충분한 정보만 제공할 수는 있지만…….

그래서 나노머신이 그렇게 불안해했던, 『차원의 균열이 그대로 열려 있는』 사태를 방치하고 있을 리도 없고, 마일의 허락 없이 마음대로 균열 복구 작업을 했다고도 생각할 수 없었다.

'내가 잘못 짚었나…….'

그렇게 결론을 내리고 어깨를 힘없이 떨구는 마일이었다.

* *

"……그렇게 해서 왕도까지의 총 여정 중 준 샌더스(절반에 조금 못 미치는)*를 이동했는데요……."

"아무것도 없네……."

"아무것도 없네요……."

레나와 폴린의 말대로 정말 아무것도 없었다.

일단 제일 가까운 길드 지부에 가서 몇 가지 의뢰를 받았지만 다 평범했다.

……그리고 현재, 조사를 위해 자유도 높은 의뢰, 즉 대상과 납기일이 정해지지 않은 상시 의뢰만 받아 숲을 헤치고 나아가는『붉은 맹세』였다.

주요 사냥감은 오크였다. 마일의 수납을 이용해서 사냥감을 무한정 운반할 수 있는『붉은 맹세』로서는 오크가 제일 수입이 짭짤했다. 토벌 보수는 보통이지만 고기가 꽤 괜찮은 가격에 팔리니까.

……물론 용종이나 희소한 것은 이야기가 다르지만, 그런 것들이 이렇게 도시와 가까운 곳에 잘 나타날 리가 없다.

일반 파티의 경우 오크 토벌 자체는 비교적 쉽게 하는 실력파 파티라 할지라도 사냥감을 도시까지 운반하기에는 그 양에 한계

*'절반에 조금 못 미치는'의 일본어 발음은 한분자쿠(半分弱). 준 샌더스는 배우 한 분샤쿠(范文雀가 연기한 배역 이름이다.

가 있다. 200~300kg은 나가는 오크를 몇 마리 잡았어도 무기, 방어구, 식량, 야영 도구, 기타 장비에 더해서 짊어질 수 있는 양은 그리 많지 않았다.

그래서 『붉은 맹세』에게 있어서 상시 의뢰인 오크 토벌 겸 식육 납품은 다른 파티보다 훨씬 수입이 짭짤한 일이었다. 다소 조건 좋은 통상 의뢰(일반적인, 개인이 길드에 낸 개별 의뢰. 일반 의뢰라고도 한다)보다도 훨씬…….

그리고 다른 목적이 있을 때는 기일이나 최소 확보량 등에 제약이 있는 통상 의뢰는 왠지 부담스러웠다. 『붉은 맹세』 입장에서 간단한 의뢰라도 대상을 찾아내지 못하면 어떻게 손쓸 방법이 없다. 마일의 탐색 마법도 『원래 없는 것을 찾기』란 불가능하니까…….


'고블린 다섯 마리인가…….'

마일은 탐색 마법으로 전방에 고블린을 탐지했지만 말하지 않았다.

뭐든지 다 마일이 미리 탐지하고 보고하는 것은 모두를 위한 길이 아니다.

레나 일행도 마일의 그런 생각을 이해했고, 자신들 역시 『과도하게 마일한테 의지하는 것은 위험하다』고 판단했기 때문에 마일이 의뢰의 특성상 필요한, 그러면서도 『약간 느긋한』 일(약초 탐색이라든지)이나 정말 위험할 때가 아니면 탐지 정보를 알려주지 않는 데 납득했고 그게 적절하다고 여겼다.

그래서 평소처럼 육안 탐색에 있어서는 대체로 제일 빨리 발견하는 메비스가……

"고블린! 넷……, 아니, 다섯 마리인가? 어라? ……경계!"

『붉은 맹세』는 고블린 따위에 굳이 주의 환기까지 해가며 경계할 필요는 없었다.

그런데도 메비스가 굳이 발견 보고뿐 아니라 경계하라고 지시를 내렸다는 것은…….

"목표, 1시 방향 30m, 고블린 다섯. 특이종일 가능성 있음!"

특이종의 존재를 예상하지 못했던 것은 아니지만 역시 레나 일행은 놀라움을 감출 수 없었다.

하지만 오거라면 모를까 고블린이야 아무리 특이종이라도 별거 아니었다. 호적수가 두 배로 강해진다면 큰일이지만 잔챙이야 두 배 강해져도 어차피 잔챙이다. 평소보다는 조심했지만, 평소대로 접근한 다음, 자신들을 알아차리고 공격해오는 고블린들을 제압해 바로 숨통을 끊었다.)

"……이건……."

죽은 고블린들을 살펴보니, 한 마리가 특이종이고 나머지 네마리는 일반 고블린이었다.

"메비스 씨, 특이종은 한 마리뿐이었는데 잘도 알아차리셨네요. 굉장해요!"

"아하하, 나, 눈은 좋으니까……."

마일의 칭찬에 조금 멋쩍은 듯 웃는 메비스.

과연 제일 키가 크기 때문에 『붉은 맹세』 중에서 볼 수 있는 거리가 가장 긴 점, 전위여서 늘 선두에 선다는 점 등도 있지만, 마일의 탐색 마법을 제외하면 언제나 적을 가장 먼저 발견하는 사람은 메비스였다.

"그런데 문제는……."

"네. 아까 고블린들의 몸놀림. 분명 특이종을 상위자, 리더로 따르는 행동이었어요……."

레나와 폴린의 말대로 고블린들은 그들 나름대로 통제된 몸놀림을 보였었다.

……그건 아무래도 좋다.

늑대나 들개 무리도 리더(통솔자)의 지휘 아래 단체 행동을 하니까. 그보다 인간에 가까운 고블린이 그런 행동을 하는 것은 하나도 이상할 게 없고, 사실은 흔히 목격되는 일반적인 사례에 지나지 않는다. 그런데 왜 다들 문제 삼고 있는가 하면…….

"왜『균열 너머 세상에서 이쪽 세계로 흘러 들어온 외지의 고블린』특이종이, 여기 사는 일반 고블린들을 지휘할 수 있었는가, 하는 점이죠……."

그렇다, 마일의 말대로 그것이 미스터리였다…….

'롬~브로소…….'*

속으로 살짝 몰래 중얼거린 마일.

그리고『그건 '나조'인데!』** 하고 받아쳐 줄 사람이 아무도 없어 슬퍼했다…….

---

*19세기 이탈리아의 범죄학자

**만화『황금박쥐』의 악당 이름이 나조이며, 나조의 본명은 롬브로소 나조다. 나조(謎)는 수수께끼라는 뜻이다.

　　　　　　　　　＊　　＊

　'……그래서 뭐가 어떻게 된 거야!'

　마일은 이야기가 다르지 않냐며 나노머신을 추궁했다.

　아니 물론 하나부터 열까지 나노머신에게 다 물어보는 것은 좋
지 않다고 했지만, 배신당하고도 그렇게 말할 수는 없었다. 그래
서 모두 잠든 시간에 뇌내 사문위원회를 열었다…….

　**【오해입니다! 저희는 유저 여러분에게 거짓말을 하지 않습니다!
애초에 그런 짓을 할 이유도 필요도 없으니까요…….】**

　'흐음…….'

　듣고 보니 납득이 되지 않는 것도 아니었다. 나노머신에게는
공명심도 돈을 벌려는 욕심도 없고, 조물주(가짜 신)들에게 명령받
은 임무를 수행할 뿐인 『약간 진보한 도구』에 지나지 않으니까.
굳이 현시점에 이 별에서 최상위 권한 레벨인 마일을 속이거나
배신할 이유가 없다.

　'……스카이넷. HAL 9000. 브레인. 유콤, 가이조쿠, 카이론5.
사일론. 브라이킹 보스……. 아니. 아니아니아니!'

　머리를 흔들어, 자꾸만 떠오르는 불길한 이름들을 떨쳐내는
마일.

　'……사태의 개요를 말해.'＊

　긴급 사태는 아니므로 『긴급』이라는 단어는 뺐다.

――――――
＊『스타트랙 보이저』에서 의사 역할을 하는 홀로그램 '닥터'의 대사

하지만 원래 내용을 모르는 나노머신은 말장난임을 몰랐기 때문에 그 딱딱한 말투를 듣고 마일이 몹시 화났다고 여기고 불안해했다.

**【마일 님이 내리신 지시는 잘 지키고 있습니다! 차원의 균열은 나타나자마자 단시간에 소멸하는 현상에 각지에서 반복되고 있기에 저희가 복구할 필요도, 그럴 시간적 여유도 없으므로, 따라서 마일 님의 허락을 구할 필요도 없는…….】**

'아…….'

하긴 마일은 그때 이렇게 말했었다. 『나노짱, 앞으로도 균열이 있으면 보고해줘. 그때마다 복구 지시를 내릴 테니까』라고…….

그런데 보고하기 전에 균열이 바로 메워졌다면.

보고하려던 시점에서 이미 균열이 사라졌다면…….

『균열이 있으면』이라는 조건에 부합하지 않는다. 그때는 이미 균열이 없으니까.

그리고 『없다고는 생각하지만, 만약 또 여기에 균열이 생기면 바로 보고해줘』라는 지시도 『여기』란 드워프 마을 근처의 그 장소를 뜻하며, 그 밖의 다른 장소는 『균열이 생기면 바로 보고』라는 지시의 대상 밖에 있었다.

'젠장, 내가 말을 잘못했네~~~~!'

속으로 그렇게 소리치는 마일이었지만 어쩔 수 없다. 인간이란 원래 모든 일을 완벽하게 해낼 수 없는 법이니까…….

＊　＊

"이렇게 해서 특이종의 존재를 확인했네요. ……그것도 재래종과 섞여 있고, 심지어 상위 위치까지 점한 개체를……."

"으~음. 타지 개체가 오자 무리에 끼워줬는데 강해서 몇 마리씩 묶은 최소 유닛의 사령관 자리에 앉힌 걸까?"

마일의 말에 그렇게 대답하는 메비스였는데…….

"으~음……. 아무리 강해도 타지 개체이고, 게다가 겉모습도 많이 다른 종족을 쉽게 받아들인 것도 모자라 지위를 더 위로 올려줄까요……? 엄청나게 강해서 보스를 이긴 지배자라도 되면 모르겠지만, 몇 마리씩 구성된 팀의 리더라는 어중간한 위치에……."

"그렇게 생각하긴 좀 어렵네. 애당초 동료로 받아들일지 의문인데……."

폴린과 레나는 메비스의 생각에 납득하지 못하는 눈치였다.

"애당초 메비스가 말했던『특이종은 공간의 균열 너머, 아주 먼 곳에서 왔다』라는 가설이 사실이라면 그놈들이랑 이곳 고블린들 사이에 의사소통이 과연 가능할까? 우리 사람도 이웃 나라나 같은 대륙이라면 몰라도 바다 건너에 있다는 다른 대륙 사람들이랑은 말이 통할지 어떨지 모르는데……. 보디랭귀지도 우리는『이쪽으로 와』라는 의미의 동작이 그쪽은『죽여 버리겠어, 망할 자식!』하는 의미일 수도 있는 거고……."

"""으~음……."""

역시 정보가 부족해서 결론에 도달하지 못하고 생각만 하는

『붉은 맹세』였다.

"특이종은 마일의 수납에 넣었지만, 그 한 마리만 내도 말이지……."

"네. 어차피 고블린이고, 한 마리뿐이니까요. 게다가 우리는 이 나라에 이제 막 입국한 다른 나라 헌터니까요……."

"게다가 우린 아무리 봐도 『신인인 어린 소녀들』이니까. 양성 학교라는 제도가 없는 이 나라에서는 양성 학교를 『초보 헌터 양성소』라면서, 변변찮은 초보 헌터를 양산할 뿐 졸업생을 바로 죽음에 이르게 하는 사신 학교로 여기는 모양이야. 뭐, 사실을 확인하고 말하는 게 아니라 자기 나라에는 없는 『신인이 순식간에 D등급, C등급이 될 수 있는 제도』가 마음에 들지 않아서 그런 거겠지만. 어쨌든 우리나라의 양성 학교 출신 헌터를 이 나라에서는 C등급이라도 무시하고 초보 취급을 한다는 거야. 보통은 헌터에게 출신 나라, 경력을 캐묻는 건 있을 수 없는 일이지만, 이런 문제를 가져갔을 때는 어느 정도 신분을 증명해야만 하겠지. ……황당무계한 이야기를 믿어주길 바란다면……."

메비스의 설명에 레나가 고개를 끄덕였다.

"겉으로 보기에 이제 막 시작한 신인 같은 우리는 특히 더 그렇다는 거네. 외지인이고. 그러니까……."

"그러니까?"

마일의 추임새에 레나가 가슴을 당당히 펼치고 대답했다.

"샘플(견본)을 더 모으자. 그것도 오크라든지 오거 같은, 일반 헌터 입장에서 위험해 보이는 놈들로……."

"······찾았다, 특이종 코볼트가 지휘하고 있어!"

그리고 몇 번째인가 맞닥뜨린 마물 집단은 코볼트 수십 마리였다. 늘 그렇듯 메비스가 제일 먼저 발견했다.

고블린과 마찬가지로 특이종이라도 한두 마리쯤은 별로 위협이 되지 않지만, 『특이종의 존재를 확인시켜 줄 샘플 중 하나』로는 도움이 될 터였다.

"특이종은 반드시 잡는다. 다른 잔챙이들은 도망쳐도 그냥 무시해!"

""""하앗!""""

힘찬 구호와 함께 일제히 공격을 시작했다.

잔챙이들은 발로 걷어차고, 특이종부터 토벌했다. ······열세가 된 시점에서 달아나버리면 곤란한 만큼 리더로 보이는 특이종부터 잡고 나머지는 대충 쫓아내면 그만이었다.

코볼트는 상시 의뢰의 토벌 보수로는 그리 좋은 돈벌이가 되지 못했고, 팔 수 있는 것은 모피뿐인 데다 겉으로 봤을 때 복슬복슬하고 귀엽기에 가죽 벗기기 작업을 기피했던 것이다. ······길드 해체장 사람들마저.

저렴한 수고비로 죄책감과 정신적 고통을 감내하기에는 균형이 맞지 않는다나······.

아니, 아무리 귀여워도 마을 사람들을 집단 공격하니 잡을 필요는 있지만…….

"……어라? 특이종 사체는?"

코볼트들을 쫓아내고 특이종 사체가 있던 장소로 시선을 돌린 레나가 깜짝 놀라 소리쳤다.

"거기에……, 어라?"

"앗?"

"……없……는데…….''

없었다. 분명히 제일 먼저 쓰러트린 특이종의 사체가 보이지 않았다.

다 함께 찾아다녔더니…….

"앗. 뭔가 끌린 흔적이…….''

특이종이 쓰러진 위치에서 뭔가…… 아마도 특이종 사체를 끌고 간 흔적이 쭉 이어져 있었다. 현장에서 멀어지는 방향으로 쭉.

"마물은 죽은 동료의 사체를 가지고 돌아가는 습성 따위 없어요, 먹으려는 게 아니면……. 그리고 다른 동료의 사체는 그대로 뒀으면서 왜 특이종 사체만…….''

"강한 존재의 살점을 먹어서 그 힘을 자신이 가지려고 하는 관습 같은 거라도 있나? 그런 관습이랄까 습성은, 강한 힘을 가장 중요시하는 생물 중에 종종 있다고 들었는데?"

"아! 그럼 길드에 판 것 중에 특이종이 없었던 이유는…….''

"특이종은 가뜩이나 수가 적은데 죽은 것도 동료가 회수해서? 과연 적을 전멸시키지 못했을 때는 그럴 수도 있겠는데…….''

"…………."

모두가 나눈 대화는 일단 대충 납득이 가는 내용이긴 했다.

하지만 마일은 왠지 석연치 않았다.

"하지만 이런 일은 여기에서만 일어나는 이야기가 아니잖아요? 여기서만 일어나는 일이면『오브람 왕국의 분위기가 이상하다』가 아니라 이 나라 안의『어느 영지의 분위기가 이상하다』고 말하지 않을까요? 혹시 이 나라 곳곳에서 같은 일이 벌어지고 있다거나……."

마일이 그렇게 말했는데, 사실은 나노머신에게서 들은『차원의 균열이 나타나자마자 짧은 시간 안에 소멸되는 현상이 각지에서 반복되고 있다』라는 정보를 바탕으로 한 일종의 꼼수 발언이었다.

하지만 그걸 안다고 해서 마물들의 행동이나『그런 현상이 일어난 원인』까지 알 수는 없었다.

지금, 이 나라가 이상한 상황에 빠진 이유 중 일부는 대충 짐작이 갔다.

……하지만 그렇게 된 근본적인『원인』이 명확하지 않았다.

일단 의뢰자가 기대하는 부분에 있어서는 실마리를 거머쥐었다고 볼 수 있다.

하지만 그것만 가지고 의뢰 완료라고 할 사람은『붉은 맹세』에 없었다.

"하지만 추측이 너무 많아서, 특이종 몇 마리 확보한 것만으로는 증거라고 내밀기 좀 약하지?"

"아직 왕도에도 가지 않았는데 이렇게 어중간한 정보로는 도저히 의뢰 완수라고 말할 수 없겠지……."

"모처럼 구미가 당겼던 의뢰니까 최대한 오래 끌고 가야……."

"아하하, 역시……."

그리하여 왕도로 가는 여행을 계속하는 『붉은 맹세』였는데…….

\* \*

**【마일 님, 근처에 균열이 발생했습니다!】**

"여러분, 이쪽이에요!"

"어, 그래그래……."

탐색 마법으로 뭔가를 탐지한 것이리라.

그렇게 여기고 순순히 따르는 레나 일행. 여느 때와 같았다.

그리고 가도에서 벗어나 전속력으로 숲을 헤치고 나아간 레나 일행이 목격한 것은…….

"……앗?"

예전에 본 적 있는 『차원 공간의 균열』.

"저건……."

거기서 나오고 있는 마물들. 그리고 전부 특이종이었다.

거기까지는 예상했었다. 그리고…….

"뭐죠, 저건……."

마치 마물들을 지휘하기라도 하듯 균열 옆에 서 있는, 난생처음 보는 이형의 존재.

"크기가 작은데……, 아이언 골렘인가?"

하지만 마일의 눈에는 이렇게 보였다.

'……로봇……?'

그렇다, 스캐빈저도 골렘도, 나노머신도 분명 로봇의 일종이다.

선사 문명도 『가짜 신』도 로봇 정도쯤 식은 죽 먹기로 만들 능력이 있었다.

……하지만 이건 다르다.

인간을 모방한 것도 아니고, 동물형도 곤충형도 아니다.

그야 스캐빈저도 팔 네 개에 다리 여섯 개짜리 이형은 분명 있었다.

하지만 그건 안정성과 작업 효율 등을 고려해 디자인된 것임을 엿볼 수 있어서 나름대로 이해 가능했다.

하지만 이것은…….

이형.

그것 말고 다른 단어는 떠오르지 않을 정도로 인간의 발상에서 벗어났다.

'……나노짱?'

【적입니다…….】

'아, 역시?'

155

# 제103장　침략자

'일단 균열이 닫혀버리기 전에 건너편으로 조사대 파견을……'

**【아뇨, 저희는 이 차원 세계의, 이 별에서만 활동을 허락받았습니다. 하여 다른 차원 세계에 침입하는 것은…….】**

'그게 뭐야! 불편하게……'

**【그렇게 말씀하셔도…….】**

'아아아, 균열이 흔들리기 시작했어! 이제 곧 닫혀버릴 것 같아! 어, 어떻게 해야…….'

으으음, 하고 고민하던 마일이 갑자기 메비스에게 달려들었다.

"으앗! 뭐 하는 거야, 마일!"

놀라는 메비스의 옆구리에서 마이크로스가 담긴 케이스를 낚아채…….

'이 균열에서 바로 돌아오는 것은 금지! 다른 균열을 찾아서 어떻게든 자력으로 돌아와! 그리고 그동안에 건너편을 조사해 정보를 모아! 화이팅!'

그리고 그 케이스를 균열을 향해 힘껏 던졌다!

'부탁한다, 마이크로스!'

**【【【【【너무해애애애애애애애!】】】】】】**

주위에 있던 나노머신들로부터 비난의 목소리가 터져 나왔지만,

재빨리 귀를 막아 고막이 과하게 울리는 것을 막은 마일. ……조금은 요령을 터득한 것이다.

【마일 님…….】

그리고 어이없어하는 마일 전속 나노짱.

【물론 불가항력으로 다른 차원 세계에 떨어지면 어쩔 수 없고, 원래 차원 세계, 그러니까 이곳으로 돌아올 수 있게 최선을 다하는 게 의무이므로 마일 님의 의도대로 되겠습니다만……. 하지만 한마디만 드려도 될까요…….】

'응, 뭔데?'

【악마냐?!】


"마일, 도대체 무슨 짓을…….”

항의하려는 메비스를 마일이 오른손을 들어 말렸다.

"이야기는 나중에! 지금은 마물을……, 아니, 일반 마물은 아무래도 상관없어요. 저 로봇…… 금속제로 된 녀석을 잡아요. 최대한 망가뜨…… 죽이지 말고. 단, 위험해지면 주저 없이 파괴해버리세요! 기회는 또 오니까!”

안전 제일, 생명을 소중히.『붉은 맹세』의 캐치프레이즈였다.

의뢰에 실패해도 상관없다. 살아만 있다면, 만회할 기회는 또 온다.

죽으면 다 무슨 소용인가.

"돌격!”

마일의 호령과 함께『붉은 맹세』는 균열 주위에 있던 특이종 마물들을 향해 달려 나갔다.

평소 통솔은 메비스, 전투 시 지휘는 레나가 주로 맡지만, 긴급 사태일 때와 『상황을 잘 모를 때』에는 마일이 순간적으로 지시를 내렸고, 모두 당연하다는 듯이 바로 따랐다. 실제로 지금까지 몇 번이나 그렇게 해서 살았기에 그녀의 판단을 의심하는 사람은 아무도 없었다.

……그리고 만약 판단 미스로 누군가가 목숨을 잃는다고 해도 아무도 그녀를 비난하지 않을 것이며, 지시에 따른 것을 후회하지도 않을 것이다.

그것이 파티이며, 동료니까.

마물은 오크와 고블린이었다.

다른 종류의 마물이 같이 행동하는 것은 이상한 일이지만, 그러한 상식은 『이 세계』의 것이자 『고도의 지성체 또는 그 지시에 따르는 기계 지성체』 등이 관여하지 않을 때의 이야기였다. 그리고 지금은 그 전제 조건이 둘 다 뒤집힌 상황이었다.

지금은 마일의 『신통방통한 감』에 의지하는 수밖에 없었다.

한편 아무리 『돌격』이라는 말을 들었어도 마술사인 레나와 폴린이 정말로 적들을 향해 달려들 리는 없었다. 그들은 어느 정도 달려가다 멈춰 서서 마법 공격을 개시했다.

일부러 크게 소리친 것이어서 마물들이 전부 이쪽을 보았다.

적이 오거 또는 그 이상급 마물을 다수 포함한 강력한 집단이라면 몰래 접근해서 기습 공격을 감행하는 편이 낫지만, 오크나 고블린이 소수로 있으면 그럴 필요는 없다. 오히려 위협적인 소리를 내서 마물들 모두 이쪽을 쳐다보게 해야 표적이 밀집되기도 하고 피탄 면적이 넓어져 마법 공격을 때리기에도 좋다.

근접 전투의 경우도 일반 헌터는 상대가 분산되어 각개 격파할 수 있는 편이 더 쉽겠지만, 마일과 메비스의 입장에서는 넓게 분산된 적을 쫓아다니는 건 몸만 힘들 뿐이다.

레나와 폴린은 첫 번째 공격으로 범위 공격 마법을 선택해서, 적에게 혼란을 줌과 동시에 각 개체의 전투력을 골고루 떨어뜨려서 마일과 메비스가 수월하게 싸울 수 있도록 정리했다. 그 후부터는 단체 공격 마법으로 적의 숫자를 하나씩 줄여갔다.

폴린이 핫 마법을 쓰면 마일과 메비스가 적진에 뛰어들 수 없는 데다가, 지금의 목적은 마일의 지시에 따른『금속 같은 놈의 확보』였다. 따라서 필요 이상으로 전쟁터가 혼란스러워지는 것은 피해야 했다.

아무리 특이종이라지만 그래 봐야 오크와 고블린이다. 일반 C등급 헌터라면 모를까, 거리를 두고 강력한 공격 마법을 쏴대는 레나와 폴린 그리고 약간 상식에서 벗어난 마일과 메비스의 참격에 잠시도 버티지 못하고 점차 그 수가 줄어들었다.

"……어라?"

적의 움직임이 이상했다.

마일이 그렇게 깨달았을 때는 이미 늦었다.

수가 줄어드는 와중에도 고블린과 오크가 마일과 메비스를 분석해, 메비스를 쓰러트리는 것까지는 아니지만 발을 묶는 듯한 움직임으로…….

"고블린과 오크가 통제된 움직임을?"

그렇다. 원래라면 고블린과 오크는 그저 무질서하게 주먹을 휘두를 뿐 세세한 작전이나 통일된 움직임을 취하는 법이 없다.

그리고 오크와 고블린 몇 마리가 마일에게 일제히 달려드는 동작을 보여서, 마일이 그쪽에 의식을 집중하고 있는데…….

퐈악!

"앗?"

갑자기 뒤에서 팔을 붙잡혔다.

그리고 몸이 휙 끌려갔다. ……로봇 같은 녀석에게.

마일은 힘은 있지만, 체중이 가볍다. 그래서 무게가 많이 나가는 상대가 잡아당기면 꽤 쉽게 끌려간다.

"앗, 저기, 잠깐……."

그렇게 끌려간 끝에 보인 것은 공간의 균열…….

"잠……, 잠깐잠깐! 저쪽의 공기 조성이 여기랑 다르면 숨을 못 쉬어서 죽을지도 모르잖아요! 자, 잠깐만! 타임!"

균열 너머에서 온 마물이 여기서 살 수 있으니 그렇게 극단적으로 환경이 다르다고 생각하긴 어렵다.

하지만『마물이라면 견딜 수 있어도 인간은 견딜 수 없는 환경의 차이』가 있으면 끝장이었다. 그리고 저쪽에는 나노머신이 없다. ……아까 던져 넣은 극소수 말고는.

그래서 아마 저쪽에서는 마법을 거의 쓰지 못할 터였다.

점점 가까워지는 공간의 균열.

"크, 크크크, 큰일인데, 큰일이야아~……, 아!"

초조해하던 마일이 갑자기 냉정을 되찾았다. 그러더니…….

"에잇!"

퍽!

자신의 팔을 잡고 있던 로봇 같은 녀석을 향해 손날을 휘둘러 팔을 절단했다.

그렇다, 체중이 가벼워서 쉽게 끌려갈 뿐이었지 딱히 이 로봇 같은 녀석이 굉장한 괴력을 가졌다거나 마일보다 강한 게 아니었다. 그러니 계속 끌려가지 않고 부숴버리면 그만이었다. 이 로봇 같은 녀석은 아무리 봐도 전투용 같지 않았으니까…….

그리고 예상대로 팔은 쉽게 부러졌다.

끼기긱……

팔이 부러진 순간, 그 여세로 넘어지는 게 아니라 바로 정지한 로봇 같은 녀석은 머리를 180도 돌려 마일의 얼굴을 본 후…… 마일의 팔을 잡은 상태로 축 늘어진 자신의 팔을 회수하고는…… 어마어마한 속도로 달려 공간의 균열 속으로 뛰어들었다.

"앗……, 아아아아앗~! 도망쳤다아아아~!"

놓칠 생각이 없었고 마물들이 방해하게 해 도주했다 하더라도 마일의 탐색 마법이 있으면 추적하기란 쉽다.

그렇게 생각했던 『붉은 맹세』 멤버들은 아주 단순한 사실을 간과하고 있었다.

……그렇다, 놈들은 『붉은 맹세』의 추적을 쉽게 따돌릴 수 있는 도피처가 있었다. 그것도 바로 가까이에…….

놈들이 공간의 균열로 뛰어들었다.

그리고 어쩌다 우연히 다시 닫힐 타이밍이었는지, 아니면 그 행위가 원인이 되었던 건지는 모르겠지만 곧바로 균열이 닫혔다.

남겨진 것은 특이종 오크와 고블린 몇 마리의 사체뿐이었다.

"실패했어……."

낙담하는 마일.

제일 먼저 그놈부터 제압했어야 했다.

조금도 다치지 않게 잡으려는 생각에, 원거리에서의 물리적 공격과 전격 마법 등은 피하고 마물들을 배제한 다음 천천히 확보하려고 했다.

"균열은 저쪽에서 이쪽으로 넘어오기 위한 수단이라고만 생각했어요……. 『균열』이니까, 저쪽에서 이쪽으로 올 수 있는 거면 당연히 이쪽에서도 저쪽으로도 갈 수 있는 건데……. 저를 균열 쪽으로 끌어당긴 시점에서, 만약 저를 끌고 가는 데 실패한다면 자기만이라도 그리로 달아날 거라는 생각을 왜 못했는지……. 아니, 제가 제 손으로 그걸(마이크로스) 저쪽으로 던졌으면서 무슨 바보 같은……. 로봇 같아서 자아 없이, 어디까지나 주인님의 명령만 수행한다고 생각해버린 게 패인일까요……. 설마 저를 끌고 못 가면 자기 혼자 재빨리 달아날 줄 몰랐네요……. 그런데 왜 저를 끌고 가려고 했을까요……. 그리고 그게 힘들겠다고 판단하자마자 바로 철수하다니……. 그건 스스로 그렇게 판단한 건지? 미리 주어진 예상 상황별 행동에 불과한 건지? 아니면 어딘가에서 그렇게 하라고 지시가 내려온 건지? 으~~음……."

대실패.

모처럼의 단서를 날려버리자 마일의 낙담은 상당했다.

"……뭐, 인간은 누구나 실패할 수 있으니까……."

"크기는 작아도 아이언 골렘의 일종 같았으니까 아마 핫마법이나 독무 같은 건 효과가 없었을 거예요. 무리해서 강력한 마법 공격이나 물리적 공격을 했다면 망가졌을 테니 애초에 생포하기 어려웠어요……."

"록골렘이라면 모를까, 아무리 소형이라도 아이언 골렘은 나도 진지하게 싸웠어야 했는데. 느긋하게 팔다리 하나씩, 같은 말을 할 상황이 아니었어. 그리고 내가 진지하게 싸웠으면 이길 수 있었다고 하더라도, 그건 상대의 기능을 완전히 정지시킬 수 있는 일격이 먹혔을 때뿐일 테니까. ……그 금속제 몸을 이 검으로 베는 게 가능했을 때 말이야……."

그렇다, 그 금속 같은 몸이 꼭 쇠라고 단정할 수 없다.

미스릴, 오리하르콘, 아다만타이트, 히히이로카네…….

세상에는 다양한 금속이 있다. ……이 세계만 해도. 거기서 다른 차원 세계까지 포함하게 되면 또 어떤 엄청난 소재가 있을지 모르는 일이다.

모두가 위로했지만, 마일은 좀처럼 회복하지 못했다.

'전력을 다했으면 탄소나노튜브로 된 극세 와이어로 꽁꽁 묶어서 잡을 수 있었을지도 몰라. 손발을 잘라 못 움직이게 했거나……. 아니, 나노짱은『적』이라고 말했지만『누구에게, 무엇에 관한 적』인지는 모르지. 나와는 아직 어떤 관계인지 확실하지 않은 상황에서 갑자기 내가 먼저 적대 행동을 한 게 잘못인지도 몰라. 그리고 아무리 봐도 그건 로봇이었어. 그렇다면 자신을 만든 존재를 배신하지 않을 테고, 잡혀서 메모리(기억)를 해석당할 위험을 피하고자 자폭하는 것도……. 그리고 그게 자기뿐 아니라 적을 저승길 동무 삼기 위한 초강력 폭탄이었을 경우에는…… 반양자 폭탄, 중력 폭탄, 지구 파괴 폭탄, 기타 등등, 이 세상에 뭐가 있을지는 모르는 거니까……. 자칫 잘못했다간 다 죽었을 가능성도……. 위험해! 위험해위험해위험해위험해위험해위험해 위험해위험해…….'

자신의 상상을 훨씬 넘어선 미지의 존재. 전생(지구)에서의 지식으로도 헤아릴 수 없는 존재. ……그것을 안일하게 다루려 했던 행동이 얼마나 위험했는지 생각이 미치자 마일은 자꾸만 몸이 떨렸다…….

\* \*

그런 후, 소멸한『균열』의 주위를 조사해 다른 점이 없음을 확인한『붉은 맹세』는 쓰러진 특이종 사체 십여 구를 마일의 수납에 넣고 근처에서 야영하기로 했다.

아마 더는 아무 일도 일어나지 않을 테니, 여기서는 더 이상 어떤 단서도 얻을 수 없다고 생각했지만 그래도 혹시 몰라 하룻밤 머물기로 한 것이다.

그리하여 저녁과『휴대식 요새 욕실』을 이용한 목욕, 일본 전래 허풍동화 등을 끝내고 각자 간이침대에 파고든 후, 마일과 나노머신의 뇌내 회의가 시작되었다.


'……나노짱, 알고 있는 것에 한해……, 아니, 『나한테 알려줄 수 있는 것에 한해』 전부 알려줘.'

【……알겠습니다…….】

나노머신은 순순히 응했는데, 이는 마일이 『알려줄 수 있는 것에 한해서』라고 말했기 때문에 금칙 사항에 저촉하지 않는, 원래 알려줘도 문제없는 것만 말하면 되기 때문이었다.

알려줄 수 없는 부분이 아니라 마일이 『너무 뭐든지 다 알려주면 재미가 없다』, 『반칙은 하고 싶지 않다』면서 들으려고 하지 않았던 부분만이라면 전혀 문제 될 게 없었다.

마일 역시 이 나라 사람들 대부분에게, 그리고 이 의뢰를 수행하는 한, 동료들에게도 스스로 도저히 대처할 수 없는 위험이 미칠지도 모르는 상황이 온다면 『재미가 없으니까』하면서 제 욕심만 차릴 생각은 전혀 없었다.

재미는 안전을 확보한 다음에 찾아도 된다. 그리고 한 명도 빠짐없이, 다 함께 즐거워야 마땅하다.

【우선 그 기계 지성체에 대해서 말입니다만…….】

'응응!'

【아는 게 없습니다.】

꽈당~~~!

마음속으로, 보기 좋게 자빠지는 마일.

그 심상 풍경이 이미지화되어 주변 나노머신들이 똑똑히 수신하였고 나노넷에 의해 전 세계로 퍼져나갔다.

최근 나노넷의 생중계 시청률 1위는 『원더 쓰리』에 붙어 있는 전속 나노머신들에 대한 것이었는데, 지금은 『뭔가 마일 님 쪽에 재미있을 것 같은 이벤트가 열린 것 같다』라는 정보가 흘러 일시적으로 이쪽이 1위 자리를 되찾았다.

'뭐, 뭐야 그게! 나노짱의 동료는 그 수가 막대해서 전 세계 모든 장소에 있잖아! 모를 리가 없는데!'

【아니, 그렇게 말씀하셔도……. 저희가 살포된 것은 지난 문명 붕괴 이후의 일이고, 그때부터 지금까지 그러한 것은 이 세계에는 존재하지 않았기 때문에……. 그것들이 나타난 것은 불과 얼마 전입니다. 그리고 그것들이 마물에 지시를 내리는 언어……라고 표현해도 될지 어떨지도 잘 알 수 없는, 극히 한정적인 의사 전달 수단에 따르면, 『통솔하라』, 『적을 배제하라』 하는 말을 하는 정도고, 놈들의 정체라든지 무슨 목적으로 찾아왔고 여기서 뭘 하려고 하는지는 하나도 모릅니다. 저희의 행동 기준과 임무 범위의 설정상 이 세계 이외의 장소와 그곳 사물에 간섭하는 것은 상정하지 않았으므로, 저희가 자발적으로 그것들에 관여하기란 불가능해서……. 아, 여러분이 마법 공격을 당할 때는 『자체 판단으로 그것들에 간섭하는 것』이 아니라 단순히 『이 세계 사람의 희망을 구현화 하는 것뿐. 그 결과가 어떠한 사태를 불러올지도 저희의 책임 범위 밖에 있으며, 어떠한 규칙에 저촉되는 것도 아니다』라는 걸로 되어서 전혀 문제가 될 게 없기에…….】

'꼭 공무원처럼 대답하네……'

나노머신의 대답에 조금 어이없는 마일이었지만, 하고자 하는 말을 이해 못 하는 것은 아니었다. 그래서 그 부분은 그냥 넘어가고 질문을 이어가기로 했다.

'……그래서 결국 그들은 어떤 존재야?'

**【추측입니다만, 다른 차원 세계에서 온 침입자…… 의도적으로 차원 세계의 균열을 통과해 이곳에 온 자들이 아닌가 싶습니다. 또 저희의 조물주이신 분들의 말씀으로 짐작하건대 이 세계가 몇 번이나, 시간 스케일로 봐서는 거의 정기적이라고 표현해도 좋을 만큼 대규모 붕괴가 되풀이되고 있음은 분명합니다. 그 원인의 유력 후보 중 하나로 이번 일을 들 수 있지 않을까 합니다.】**

'……그렇게 생각했기 때문에, 그 수상한 사신 교단이 이쪽에서 차원의 균열을 만들려고 했을 때 그렇게 불안에 떨었던 거구나……'

**【네.】**

'하지만 그쪽에서라면 몰라도 이쪽에서 대충 뚫은 구멍이 원래의 『익숙한 장소』로 이어진다는 보장은 없지 않아? 차원 세계란 무수히 있는 거 아니었어?'

**【……】**

'그 부분은 어떻게 되는 거야?'

**【…………】**

'아니, 그러니까 어떻게……'

**【좀 넘어갑시다, 그런 세세한 부분은!】**

'뭐야, 그게…….'

【아니, 성가시단 말입니다, 하등 생……기초 지식에 자유롭지 않은 분이 이해할 수 있게 설명하는 거……. 스트레스가 꽤 쌓인다고요, 그거…….】

'방금『하등 생물』이라 말하려고 했지?! 분명히『하등 생물』이라 말하려고 했어!'

【알았다고요, 아 정말……. 차원 세계란 각각이 초차원 공간에 위상을 엇갈리게 해서 겹치듯 떠 있는 거품 같은 것으로, 그것들이 다층 시공 연속체의 경계면을 매개로 접근했을 때 서로 척력장보다 강한 융합 인력에 의해 차원 유착이 발생하고, 거기서 천공이 생길 가능성이 생깁니다. 이 경우, 천공이 한 번 생기면 거기서 개연성의 특이점으로 특성이 생기고 그에 따라 이후의 아공간 벡터의 변동 확률 편차가…….】

'……제가 잘못했어요……. 하등 생물 따위가 건방지게 굴었네요. 죄송합니다…….'

깨끗이 포기하는 마일.

【……그런 이유로, 한 번 이어지면 그곳과는 아주 쉽게 이어질 수 있다. 따라서 억지로 차원 균열을 만들면 지난번에 이어졌던 세계와 다시 이어질 확률이 상당히 높다는 겁니다.】

'처음부터 그렇게 말하라고오오오!'

【오오, 나노넷 시청률이 확 올라갔다!】

'앗? 방금 뭐라고 했어?"

【아뇨, 아무 말도 안 했는데요. ……그래서 저희는 균열 너머 세

상에 대해 하나도 모르고, 균열을 통해 이쪽으로 온 마물에는 유저인 여러분의 마법 행사라는 형태가 아니면 간섭할 수 없습니다. 또한 의사소통을 시도해본 적도 없습니다. 그리고 저번과 같은 기계 지성체들과도 접촉 및 정보를 취득한 적이 없으므로 추측 이외의 정보는 없습니다.】

'그렇구나……, 앗, 저번과 『같은』? 기계 지성체『들』? 그것 말고도 있었어? 그런 기계 지성체가?'

【그야, 이 주변 여기저기에서 같은 현상이 일어나고 있으니까요…….】

'…………'

어쩔 수 없다. 마일이 자기 입으로 나노머신들에게 『너무 하나부터 열까지 다 알려주지는 마』라고 부탁했으니까…….

그리고 원래는 『다른 세력에 관한 정보를 제공하는 것은 불가능하다』라는 규칙이 있지만, 이번 상대는 『이 세계의 다른 세력』이 아니라는 점, 그리고 이 세계 전체에 위기가 될 가능성이 있다는 점 때문에 그 규칙에 걸리지 않는 모양이었다. 운이 좋았다고 생각할 수밖에 없다.

'그럼 이걸로 나노들이 아는 사실을 대부분 다 들은 건가. 별로 큰 수확은 없었지만 어쩔 수 없달까, 오히려 잘 됐달까……. 너무 『일반적으로 알 수 없는 일』을 내가 알아도 모두에게 어떻게 설명해야 좋을지도 모르겠고, 물어보면 바로 알려줄 걸 일부러 안 물어봤다가 그 바람에 모두에게 만에 하나 무슨 일이라도 생기거나 이 나라 사람들이 피해를 보면 두 발 쭉 뻗고 못 잘 것 같고…….

그런데 이렇게 되면 내가 괜히 대충 하는 것도 아니고 언젠가 후회할 염려도 없으니까 차라리 잘 된 거지. 적어도 나중에 반성할 일은 있을지언정 이 점에 대해서는 후회할 일이 없을 테니까 말이야.'

【네⋯⋯. 뭐, 저쪽 정보는 그들이 가지고 돌아오길 기대해보죠.】

'⋯⋯그들? 누굴 말하는 거야?'

【아까 자기 손으로 던져 놓고오오오오오! 까먹다니이이이이!】

'아⋯⋯.'

⋯⋯심하다.

너무 심해서, 던져진『그들』이 가였다.

그렇게 생각하는 나노머신들이었다⋯⋯.


【진짜⋯⋯.】

'미안하다니까⋯⋯.'

아직도 조금 언짢아 보이는 나노머신에게 사과하는 마일.

【어쨌든 그들은 저쪽 상황에 적극적으로 관여할 수는 없어도 마일 님의 지시대로 다른 균열을 찾아 귀환하는 데 필요한 범위 내에서『소극적 조사 활동』은 규칙상 가능할 겁니다. 저쪽 세계에서 다음에는 어디에 균열이 생길지 조사하지 않으면 이쪽으로 돌아올 수 없으니까요. 그리고 그건 저희의 기본 의무에 반하고⋯⋯.】

'응⋯⋯.'

물론 마일은 그걸 노리고 그런 행동을 한 것이었다.

그리고 그 후 메비스에게는 제대로 사과했다. 대신할 마이크로스와 장착용 케이스를 건네주면서…….

원래 마이크로스 제공자는 마일이지만, 그래도 역시 갑자기 달려들어 낚아채는 것은 좀 심한 행동이었다. 사과하는 게 당연했다.

물론 자세한 이야기는 대충 얼버무리고 그것이 필요한 행동이었음을 잘 설명해서 메비스의 용서를 받았다.

'아무튼 한 나라의 정세 같은 가벼운 문제…… 아니 당사자에게는 큰 문제일 수도 있겠지만……, 그런 게 아니라, 이야기의 스케일이 더 큰 건가…….'

【…….】

그 부분에 대해서는 말할 수 없는지 입을 꾹 다문 나노머신.

'아무튼 계속 조사하는 수밖에 없나……. 뭐, 의뢰주가 걱정하던『이 나라의 수상한 소문』이란 게 정변이나 전쟁 준비 같은 게 아닌 점이 다행인 걸까, 더 안 좋은 걸까……. 아니 아직 그런 것도 일어날지 어떨지 모르는 일인가. 거리에 아직 그런 쪽으로 확실한 이야기가 나돌지 않을 뿐일 수도 있으니까 방심과 단정은 절대 금지야. 문제가 한꺼번에 닥치는 건 잘 있는 일이니까…….'

【…….】

역시 가만히 있는 나노머신이었다…….

\* \*

"……그래서 일단 조사를 계속하면서 이대로 왕도에 가고, 그때까지 새로운 정보를 얻지 못했을 경우 회수한 특이종의 절반을 길드 왕도 지부에 제출하고 상황 보고. 그런 다음 왕도에서 조금 정보를 수집한 후, 다시 티루스 왕도로 귀환, 나머지 절반의 특이종을 냄과 동시에 의뢰 완료 보고. 그런 느낌으로 가면 어떨까요?"

"으~음, 그럴까. 어제 같은 걸 또 만날 확률은 별로 높지 않겠지. 목적도 없이 수십 일이나 이 나라를 헤매는 것도 썩 내키지 않고……."

"왕도와 주변 대도시에는 다른 조사원도 있으니까."

"응, 우린 지금까지 모은 정보를 가지고 빨리 돌아가야 해. 그래야 의뢰주가 다음 수를 생각할 수 있으니까. 지금은 이 나라와 티루스 왕국 상위층, 길드에서 조금이라도 빨리 상황을 파악할 수 있게 하는 게 의뢰 수주자로서, 헌터로서 그리고 인간으로서 우리가 최우선으로 삼아야 할 일이야."

마일의 의견에 레나, 폴린, 메비스가 모두 찬성했다.

그렇다, 아무리 자국 티루스 왕국의 의뢰로 움직이고 있다지만, 딱히 이곳 오브람 왕국이 적국인 것도 아니다. 아니, 오히려 우호국이다. 그래서 평범하게 『수행 여행』 중인 헌터로서, 이 나라를 위해 최선을 다하는 것은 아무런 문제도 없었다.

……아니, 그렇게 해야 할 의무가 있었다. 국가 간에 걸쳐 있는 조직 『헌터 길드』의 일원으로서.

"그럼 가도 7할, 가도를 벗어나 숲과 산악지대를 관통하는 루트 3할로 잡고 조사를 계속하면서 이 나라의 왕도로 향하자!"

""""하앗!""""

……가도 이외가 3할이라는 무모한 행동이 가능한 파티는 『붉

은 맹세』뿐이었다.

게다가 일반 파티 같은 경우에는 어차피 일정량 이상의 사냥감과 채취물을 운반할 수단이 없기에, 숲과 산악지대를 관통하는 것에 별 의미가 없었다.

운반하는 짐만 해도, 원거리를 옮겨야 하니 힘들고 고기와 약초 같은 경우는 상해서 값어치가 없어지고, 그밖에 다른 여러 가지 문제도 있기에 그렇게 고생할 이유가 없는 것이었다. 따라서 사냥과 채취를 목적으로 장거리를 이동하다가 가도를 벗어나는 사람은 어떤 특별한 이유가 있지 않은 이상 없었다.

또 아무리 숲과 산악지대를 관통하면 이동 거리를 좁힐 수 있다 해도, 길 없는 숲과 산악지대를 1km 걷는 동안에 가도에서는 그 몇 배나 나아갈 수 있다. 그것도 훨씬 안전하고 편하게, 옷과 장비가 망가지지도 않고…….

하지만 『붉은 맹세』의 경우는 이야기가 달랐다.

이런 곳에서 맞닥뜨리는 수준의 마물 때문에 위험해지거나 어떻게 될 염려가 없다. 용종이 숨어 있는 것도 아닌 이상…….

물과 식량 문제도 없다.

그리고 아무리 많은 사냥감과 채취물을 갖게 되어도 신선도 유지와 운송력에는 별 지장이 없다.

……마일이 수납 마법인 척하는 『아이템 박스』 덕분에.

그렇다. 『붉은 맹세』가 이상하다고 할까 이단이라고 할까, 어쨌든 상식에서 벗어난 최대 이유는 마일의 전투력(지금은 다른 세 사람도 일반인의 수준에서 벗어났지만)이 아니라, 『수납 마법』인 것으로 되어 있는, 용량 무제한에 시간이 정지되는 아이템 박스였다…….

              *  *

　"……그래서 이게 그 특이종입니다."

　몇 번인가 마물 집단을 해치워 통상적인 마물들과 함께 특이종 몇 마리를 더 확보한 『붉은 맹세』는 왕도에 도착한 후 숙소부터 잡고 길드 지부로 향했다. 그리고 반신반의하는 길드 마스터와 할 일 없는 직원, 마침 그 자리에 있던 헌터들을 데리고 뒤편 해체장으로 가서 환금용인 대량의 통상종과 함께 확보한 특이종의 절반을 꺼냈다.

　……물론 탐색 마법으로 특이종을 식별할 수 있는 마일이 없었다면 이렇게 많은 특이종을 잡기란 불가능하다. 특이종이 있는 마물 집단은 그 수가 몹시 적으므로…….

　"""""""…………."""""""

　찬물을 끼얹은 듯 고요한 해체장.

　"이, 이건…….""

　그리고 여기서도 길드 마스터와 헌터들보다 민감하게 반응한 것은 해체장에서 일하는 사람들이었다.

　매일 수많은 마물을 해체하고 있으니, 그 체격과 근육이 붙은 모양새 등에 가장 정통한 것은 당연했다.

　"마레인 왕국에서 통보가 오긴 했는데, 반만 사실이고 조금 강

한 신종 아니면 진화되다 만 중간종 정도라고 생각했어……. 그
래서 거기서 전멸시켰다면 더는 문제가 생기지 않을 거라고…….
그런데 이건…….."

"보통 일이 아닌데. 아가씨들의 이동 루트 상에만 해도 이 정도
가 나왔다는 건 다른 곳에서도…….."

"심각한데…….."

해체장 사람들이 중얼거리는 소리를 듣고 헌터들의 안색이 점
점 안색이 나빠지기 시작했다.

그들도 최근 들어 헌터 사이에 사상자가 증가하고 있다는 소문
은 익히 들었으리라.

"무슨 소리를 하는 거야. 이런 신입 꼬맹이들도 멀쩡하게 잡아
올 수 있는 것들인데 도대체 뭐가 문제라는 거야?!"

한 헌터가 그렇게 소리쳤지만 다들 완전히 무시했다.

……딱 보면 알 수 있다.

절단면, 타서 눌어붙은 자국, 그리고 방금 본 어마어마한 용량
의 수납 마법까지…….

이걸 보고도 이 파티를 『신입 꼬맹이들』이라고 생각한다면 그
헌터는 오래 가기 어렵다.

그리고 무엇보다도 최근 들어 『오래 가지 못한 헌터들』이 급증
하고 있다.

"""""""………….""""""""


　　　　　　　　　　　＊　　＊

"특이종은 전부 통상종의 5배 가격에 매입하도록 하지. 그밖에 아주 조금이긴 하지만 정보 제공에 대한 특별 보상금과 꽤 많은 공헌 포인트도 줄게. 덕분에 더 늦어지기 전에 대처할 수 있을 것 같아. 정말 잘했다!"

길드 마스터의 방에서 간부 몇 명에게 자세한 설명을 한 다음 길드 마스터가 그렇게 칭찬했다.

"다른 헌터들이 이따금 쓰러트린 특이종은 동료 마물들이 회수해갔을 줄이야⋯⋯. 그러니까 현물이 안 들어오지⋯⋯."

마일 일행은 처음에는 그것이 마물들의 습성인 줄 알았는데, 그 『정체불명의 작은 금속제 골렘』을 본 뒤로는 의도적인 행동으로 짐작하고 있었다. 인간들이 상황을 알게 되는 것을 막기 위해 누군가가 내린 지시에 따라⋯⋯.

하지만 증거도 없이 그렇게 주장해봐야 아무 소용없다. 너무 이상한 말을 하면 신뢰를 잃어 다른 것까지 믿어주지 않게 될 가능성도 있는 만큼, 근거 없는 이야기는 언급할 수 없었다.

"소문으로 듣긴 했는데 설마 이 정도일 줄이야⋯⋯."

"소문?"

길드 마스터의 말에 메비스가 무심코 되물었다.

"그래, 티루스 왕국 독자적 제도인 헌터 양성 학교의 졸업 검정에서 베테랑 B등급 파티에게 압승하고 와이번을 생채기 하나 내지 않고 포획했으며, 악덕 상인을 벌주고, 아르반 제국의 특수 부대를 섬멸시킨 파티를 지원하고, 사교 집단을 다른 파티와 공동으로 퇴치했다는……. 아, 길드 간부 사이에는 정확한 정보가 퍼져도 일반 직원과 헌터들에게는 그냥 소문으로만 전해져 있고, 그걸 액면 그대로 믿는 녀석도 없을 거야, 물론. 다들 자국 제도를 선전하기 위해 어린 소녀 파티를 과대 포장해서 치켜세우고 있을 뿐이라고 생각하고 무시…… 아니, 반쯤은 농담처럼 들었는데 말이지……. 그것도 아까 일로 조금 인식이 바뀌었겠지만……. 아니, 티루스 왕국의 길드가 잘못한 거야! 고룡이랑 대화했다고 하질 않나. 너무 황당무계하게 부풀리니까 이야기의 본체보다 살을 너무 많이 붙인 게 다 티 나잖아. 부풀리더라도 좀 상식적으로 부풀려야지……. 뭐, 의지와 상관없이 치켜세워진 것일 테니 너희 책임은 아니지만 말이야……."

"""""아하하하…….""""""

그것도 『붉은 맹세』의 입장에서는 상식 범위 내로 대폭 줄여서 한 보고였는데.

그리하여 어색하게 메마른 미소를 흘릴 수밖에 없는 『붉은 맹세』 멤버들이었다…….


"그럼 저희는 이만……."

『붉은 맹세』는 며칠간 이곳 오브람 왕국 왕도에 머무르며 정보 수집을 할 예정이었지만, 과연 오늘은 이만 숙소로 돌아가 조금 사치스러운 저녁을 먹고 느긋하게 쉴 생각이었다.

오늘은 그 정도로 많이 벌었으니 조금 사치를 부린다고 해서 폴린도 불평하지는 않을 터였다.

……아니, 폴린은 자신도 충분히 은혜를 받으면(맛있는 요리라든지 목욕이라든지) 그렇게 시끄럽게 굴지 않는다.

그래서 메비스가 그렇게 말하고 길드 마스터의 방을 나가려는데…….

"잠깐."

길드 마스터가 만류했다.

"아니, 피곤할 테니 2, 3일은 푹 쉬어도 상관없네만, 그 후에 지명 의뢰를 받아줄 수 있나? 의뢰 내용은 우리 B등급 파티랑 합동으로 왕도 주변에 특이종이 없는지 조사하는 것과 만약 특이종을 발견했을 경우 B등급 파티가 녀석들을 잡는 걸 어시스트해주는 일일세."

"……어시스트, 라고요?"

메비스가 그렇게 물었다. 그것은 반드시 확인해야 할 중요한 부분이었다.

"그래. 우리 지부에 소속된 녀석들에게 확인……이라고 할까, 체험하게 하려고. 아니 자네들이 한 보고를 의심하는 건 아니야. 증거도 많이 있었고. ……다만 뭐랄까, 그런 게 필요해. 내가 무슨 말을 하는지 알겠지?"

"""""아~…….""""""

안다.

그런 것이다.

큰 피해가 났는데도 자신들은 전혀 몰랐던 것을 타지에서 온 어린 소녀들에게 갑자기 지적받고 한 수 배웠노라고 순순히 인정했다. 거기에 저항감을 느끼는 사람은 어디에나 있는 법.

그래서 그런 자들이 함부로 불평할 수 없는 사람, 그러니까 유명하고 누구나 인정하는 B등급 이상의 그 지역 파티에게 그 역할을 하게 하려는 것이리라. 『붉은 맹세』는 그저 정보만 제공했을 뿐이라고 하고…….

이는 길드 지부의 체면과 소속 헌터들의 심정 그리고 그들을 잘 컨트롤해야 하는 길드 마스터로서는 지극히 타당한 판단이었기에 마일 일행은 이의가 없었다.

『붉은 맹세』는 이 정도 일로 새삼스럽게 공명심이 어쩌고 하지 않는다. 보수와 공적 포인트는 이미 듬뿍 받았으니 자신들의 공헌을 빼앗기는 것도 아니다. 게다가 애초에 본래 의뢰였던 조사 임무에 덤, 가외(加外) 수입이었다.

멤버들끼리 재빨리 눈빛 교환을 한 다음, 모두 『어쩔 수 없지~』, 『거절 못 하겠네~』 하는 식으로 나왔고 대표로 메비스가 알았다고 대답했다.

"……알겠습니다, 받는 방향으로 검토하죠……."

물론 세세한 조건을 듣기 전에 수주를 단언할 바보는 아니다.

아무리 상대가 길드 마스터라도 『어린 녀석을 싼값에 써먹어야지』 하는 식의 태도를 보인다면 교섭조차 하지 않고 바로 자리를 뜰 작정이었다.

자신들을 무시하는 상대와는 교섭이고 양보고 없다. 한 방에 교섭 결렬, 영원히 안녕이었다.

그런 조건이라도 기꺼이 받아주는 상대한테 의뢰하라는 말밖에 해줄 수 없는 것이다.

『붉은 맹세』는 상식적인 밀당에는 응하지만, 노골적으로 자신들을 얕보는 듯한 초기 조건을 제시하는 사람은 상대하지 않는다. 아무리『나중에 보수금을 올려서 조정해 줄 계획이었다』하고 잠꼬대 같은 소리를 해대도…….

뭐, 이 길드 마스터라면 그럴 걱정은 없겠지만…….

그렇기에『받아들이는 방향으로 검토하겠다』라고 메비스가 대답한 것이다. 원래는 좀 더 애매하게 대답하는데 말이다.

어쨌든 자세한 이야기는 다음으로 미루고 오늘은 그대로 물러나는『붉은 맹세』였다.

\* \*

"어차피 왕도에서 며칠간 정보를 모을 계획이었으니까 마침 잘 됐지. 보아하니 그렇게 이상한 조건을 걸 것 같지도 않고, 이렇게 중요한 안건에 이상한 녀석들을 쓰지도 않을 테니까 그 B등급 파티도 아마 제대로 된 사람들이겠지. 문제없을 것 같아."

"응. B등급 파티라면 이 부근 사정에 훤할 테니 이동하면서 이것저것 물어보면 우리끼리 조사하며 돌아다니는 것보다 훨씬 좋은 정보를 얻을 수 있을 거야."

미리 잡아 둔 숙소에서 저녁을 먹으며 다 함께 회의했다.

다른 손님이 들으면 곤란한 이야기는 방에 돌아와서 하지만, 이 정도라면 식당에서 해도 문제없다. 단순히 길드 마스터의 중

개로 다른 파티와 합동 수주를 하는 이야기였고, 상대에게 문제
는 없겠지~ 하는 긍정적인 이야기였다. 그리고 다른 나라에서
온 파티가 가장 먼저 정보 수집부터 하는 것은 당연한 일이었다.

또 레나와 메비스의 말대로 길드 마스터의 제안은 가는 날이 장
날과도 같은 이야기로, 『붉은 맹세』 입장에서는 환영할 만한 것이
었다.

* *

"수행 여행 중이고, 티루스 제국에서 온 C등급 『붉은 맹세』 입
니다."

"B등급, 『빛나는 성검』이다. 잘 부탁해."

그다음 날 다시 길드에 얼굴을 내밀어 길드 측과 상세한 논의
를 해서 특별히 문제는 없었기에 이틀 후 출발하기로 하고 오늘
을 맞이했는데…….

처음 대면한 상대는 남자만으로 이루어진 5인 파티였다.

중전사, 검사, 창사, 궁사 겸 경전사 그리고 마술사까지, 균형
이 잘 잡힌 전형적인 직종 구성으로 『미스릴의 포효』와 마찬가지
로 B등급 파티이면서 멤버가 많지 않은, 소수정예 파티였다. 파
티 리더는 바르카스라는 이름의 중전사 남자였다.

중전사라고 해도, 원정에 나서거나 숲, 산악지대에 드나드는
헌터이기 때문에 무겁고 투박한 플레이트 아머나 시야 확보를 방
해하는 투구는 없었다. 그저 몸집이 크고, 무게가 나가는 무기를

갖고 있다는 의미였다.

리더라면 전투 시에 전체를 파악할 수 있는 포지션인 궁사 겸 경전사가 적임자지만, 능력과 성격적인 면, 기타 등등 여러 가지 이유가 있겠지. 전위가 계속 버틸 수 있을지 판단할 필요가 있다면 과연 중전사가 리더여도 이상하지 않다.

……마술사는 영창이 곧 목숨이기 때문에 전투 중에 지시를 내리기란 불가능하다. 『붉은 맹세』의 마술사를 기준으로 생각해서는 안 된다.

게다가 『붉은 맹세』는 메비스만 빼고 모두 마술사이기 때문에 전투 중 지시를 레나나 마일에게 맡기는 것은 어쩔 수 없었다. 마법을 쓸 수 없는 메비스가 세 마술사에 의한 마법전을 지휘하는 것은 좀 무리가 있기에…….

그것은 항공모함 세 척을 가진 기동부대에서, 포와 어뢰 전문 사령관이 전함에 올라 지휘하는 것이나 마찬가지였다.

한편 메비스는 B등급 파티에게서 『잘 부탁해』라는 말을 듣고 조금 당황했다.

보통은 반대로 『붉은 맹세』가 『잘 부탁드립니다』 하고 머리를 숙이기 때문인데, 아마 길드 마스터로부터 자세한 설명을 들어서 그런 것이리라. 『붉은 맹세』가 특이종 사냥에 능하다는 사실 때문에 이번 의뢰에서는 이쪽을 높이 대우해 줄 모양인 듯했다.

과연 B등급 파티인 만큼 속이 깊었다. 별탈 없이 이번 의뢰를 수행할 수 있을 것 같았다. 레나 일행도 안심한 표정이었다.

아무리 특이종이 많이 발생하고 있다지만 과연 『붉은 맹세』가

잡은 수는 너무 많았다. 지금까지 다른 헌터들은 아무도 특이종을 가지고 돌아올 수 없었는데…….

아니, 몇 마리쯤은 쓰러트렸으리라. 단지 남은 마물들이 사체를 가지고 돌아갔거나 헌터 측이 그 후에 전멸당했거나 잡은 마물을 가지고 돌아올 여력이 없었거나 하는 이유로 결국 특이종이 아닌 통상종만 조금 가지고 돌아오는 데서 그쳤을 뿐…….

아마도 길드 마스터는 『붉은 맹세』가 어떠한 수단을 써서 특이종을 발견하는 요령을 알아냈다고 생각했으리라. 그리고 『빛나는 성검』에게 그렇게 전달했고…….

뭐, 그건 틀림없을 것이다.

마일에게는 탐색 마법이 있고 지금은 이미 마일이 특이종과 통상종의 마력 반사파(에코)의 차이를 어느 정도 구분할 수 있게 되었다. 왕도로 가는 도중에 『붉은 맹세』가 그렇게 많은 특이종을 잡은 것은 그 덕분이다.

그리하여 길드에서 간단한 자기소개를 마치고 그대로 출발하려는 두 파티였는데…….

"잠깐만!"

17~18세 정도로 보이는 청년 다섯 명 파티가 갑자기 앞을 가로막았다.

"비켜! 다른 나라에서 온 파티와의 합동 수주야, 방해하지 마라! 우리만 있을 때라면 몰라도 손님 파티 앞에서 이 무슨 추태냐!"

"…………."

『빛나는 성검』의 리더가 조금 무서운 얼굴로 질책했지만, 청년들은 들은 척도 하지 않고 『붉은 맹세』를 노려보았다.

"왜 저런 빌빌이들이랑 합동 수주를 하는 거야?! 그럴 거면 우리랑 합동으로 해도 되잖아! 우리는 상대도 안 했으면서 왜 그런 타지 여자들이랑……. 삼촌도 그냥 어린 여자들이 떠받들어주는 게 좋은 나약한 남자였냐고!"

찰싹!

보기 좋게 뺨을 얻어맞고 나가떨어진 남자.

"헌터로 활동할 때는 핏줄이고 뭐고 상관없다고 내가 몇 번을 말하냐! 그리고 그건 다른 헌터에게 무례하게 군 결과다, 똑똑히 기억해둬!"

길드 바닥에 쓰러진 남자와 아연실색해서 서 있는 그 파티 멤버들을 남기고 얼른 떠나는 『빛나는 성검』과 『붉은 맹세』였다…….

* *

"아까는 미안했어. 중요한 임무를 앞두고 가족이 창피하게 굴어서 면목 없구나…….

길드 건물을 빠져나온 뒤 그렇게 말하며 마일 일행에게 고개 숙이는 『빛나는 성검』의 리더 바르카스.

"별로 신경 안 써…….

"그건 무례한 젊은 파티가 벌인 일. 여러분과는 무관하니 괘념

치 마시길⋯⋯."

딱히 말만 그런 것이 아니라 정말로 레나와 메비스는 그렇게 생각했다. 물론 마일과 폴린도.

그 남자가 불렀던 『삼촌』이라는 단어. 그것만으로도 다들 대충 짐작하고 있었다. 『유명 헌터에게 흔히 있는 이야기』였다.

그리고 평소에는 남의 마음에 둔감한 주제에, 무슨 영문인지 소설에 나올 법한 음모라든지 끈끈한 인간관계 같은 것에는 의외로 머리가 잘 돌아가는 마일이 자신의 예상을 말했다.

⋯⋯그렇다, 입에 담아버리고 만 것이다.

"혹시 C등급이 된 청년이 B등급 상위인 삼촌을 동경해서 자신이 만든 파티와 합동 수주해 이것저것 배우고 싶다고 생각했건만 삼촌이 거절. 거기에 자기보다 훨씬 약해 보이는 타지 소녀 파티와 합동 수주를 하게 되었다는 소리를 듣고 질투심에 욱해버린 패턴인가요?"

"앗, 야, 마일! 죄, 죄송해요, 얘가 이야기 짓는 걸 좋아해서⋯⋯. 자, 빨리 사과해, 마일!"

메비스가 당황해서 필사적으로 변명하자, 바르카스가 멍한 표정으로 중얼거렸다.

"⋯⋯그걸 어떻게 알았어?"

"'아니, 아까 그 사람이 다 말했잖아⋯⋯.'"

그렇다, 『일본 전래 허풍동화』로 잘 단련된 『붉은 맹세』는 그것만 들어도 충분했다⋯⋯.

＊　＊

　이번에 마일은『탐색할게, 하고 말했을 때만 탐색 마법을 쓰겠
다』라고 말해두었다.

　계속 발동해두면 자기도 모르게 발견했다고 보고해버린다거나
여러 가지로 들킬 가능성이 있었기 때문이다.

　상대는 B등급 상위 헌터 다섯 명이다. 마일의 그런 실수나 자
연스럽지 못한 행동을 그냥 놓칠 리 없었다.

　그래서 설정한 대로 쓰기로 한 것이다.

　레나 일행도 그게 좋겠다며 찬성했다.

　이번에는『붉은 맹세』에 B등급 상위 파티까지 있다. 설령 특이
종 오거의 기습을 받더라도 누군가가 순식간에 즉사할 리는 없다
고 판단했다. ……애초에 오거와 오크가 베테랑 헌터가 모르게
몇 미터 사정거리 안으로 접근하는 것도 불가능하지만.

　그리하여 왕도 근처에 있는 숲에 도착한 일행은 초입에서 걸음
을 멈추었다.

　"……그럼 제 특수 기능으로 특이종을 탐색하겠습니다."

　마일의 말에 고개를 끄덕이는 두 파티.

　"갑니다!"

　그렇게 말한 마일은 근처에 떨어져 있던 나뭇가지를 주워 땅에
꽂아 세우고 기를 불어넣었다.

　"으으으으! 가문의 비전, 점괘!"

　그렇게 말한 마일이 손을 놓자 당연히 나뭇가지가 툭 넘어갔다.

"……이쪽입니다."

"어, 어어……."

마일은 괜히 딴죽 걸리지 않도록 선제공격으로『헌터의 특수 기능, 그것도 문외불출의 가문의 비전』임을 강조해 캐물을 여지를 없애고 쓸데없는 질문을 차단했다.

이제 물어볼 수 있는 헌터는 없으리라. 자기 몸이 아깝다면 말이다…….

『빛나는 성검』은 길드 마스터에게서『특이종을 잡아서 돌아와라. 전투는 너희가 하지만 사냥감을 찾는 건 아가씨들에게 맡겨. 아가씨들에게는 실적이 있어. ……그리고 아마도 특이종을 발견할 비책이 있을 거다. 그걸 배워 와!』하는 엄명을 받았다.

또『다른 나라에서 온, 수행 여행 중인 젊은 헌터. 덤으로 어마어마한 용량의 수납 마법 보유자. 그것도 장래 유망한 소녀들이야. 더구나 멤버 중에 백작가 자제가 있어. ……조금도 다쳐선 안 돼, 내 말 무슨 뜻인지 잘 알겠지?』하고, 위협적인 저음으로 속삭였으니, 아무리 B등급 파티라도 고개를 끄덕이는 수밖에 없었다.

길드 마스터가 그렇게 말한 것도 무리는 아니다.

티루스 왕국 왕도 지부에서 이들을 비장의 헌터로 아꼈으니 미래를 촉망받는 것은 틀림없는 사실이었다. 그런 사람들을 다른 나라 왕도 지부의 길드 마스터의 지명 의뢰로, 그것도 B등급 파티가 함께 있다가 신상에 문제라도 생긴다면…….

항의와 비난 정도로 끝나면 그나마 다행이다. 잘못하면 의도적이라고 판단해서 일이 엄청나게 커질 가능성도 있었다.

게다가 정보에 따르면 파티 리더가 백작가 자제인데, 그 가족들이 상식에서 벗어났다는 소리까지 들을 만큼 그녀를 심하게 사랑한다는 소문이…….

보통 그런 위험한 대상에게는 길드 마스터가 지명 의뢰를 내서는 안 된다. 절대로!

……하지만 그럴 수밖에 없었다. 그 부분에 대한 사정은 물론 자세히 설명을 들었었다.

어쨌든 『특이종을 인식하고 붙잡아올 수 있는 자는 타지에서 온 여성 파티뿐』이라는 현실을 깨고 현지 파티로서 그 실적을 쌓고 잘 되면 특이종을 찾는 비결까지 알아내는 중차대한 역할을 맡은 이상, 여성 파티에 예를 갖추고 배우는 수밖에 없었다. 절대 무례한 태도를 보이거나 그들을 화나게 하거나 불쾌한 감정을 들게 하지 않고…….

'……그런데 『점괘』 같은 걸 눈으로만 보고 배울 수 있나…….'

어깨를 털썩 떨어뜨리는 『빛나는 성검』 멤버들이었다…….


한편 마일도 어깨가 힘없이 처져 있었다.

아까 탐색으로 몹시 가까운 거리에서 인간의 반응을 탐지했기 때문인데…….

인간 다섯 명의 반응.

……그렇다, 개체 식별이 가능한 것은 아니지만 아까 길드 지부에서 있었던 일과 마력 반사파의 특징, 그리고 자신들뿐이면 모를까, 지역 B등급 파티가 함께 있는데도 시비 걸 다른 헌터가

있다고는 생각할 수 없다는 점으로 미루어보아, 아까 만난 그들일 확률이 몹시 높은……

'마일, 왜 그래…….'

그리고 물론 마일의 이상한 태도와 조금 전에 내뱉은 『윽!』 하고 내뱉은 소리로 무슨 일이 생겼다는 사실은 동료들도 다 눈치채고 있었다.

'아까 그 사람들로 보이는 반응이 가까이에…….'

"'윽!'"

그리고 방금 마일처럼 소리를 흘리는 레나 일행. 성가신 일, 확정이었다…….

현재 『붉은 맹세』가 앞, 『빛나는 성검』이 뒤에 있고, 『붉은 맹세』는 선두가 메비스, 오른쪽 후방이 마일, 왼쪽 후방이 레나로 정삼각형을 이루고 그 가운데 폴린이 선 대형이었다.

이는 일단 『약한 쪽』인 『붉은 맹세』를 앞쪽에 둠으로써, 제일 뒤에 있는 약한 사람부터 순서대로 비명을 지를 새도 없이 당해서, 정신을 차렸을 때는 이미 뒤쪽 절반이 사라지고 없는 사태를 막기 위함이었다.

그렇다, 약자는 늘 강자의 시야 안에 들어 있어야 하는 법이었다.

또 안내를 맡은 마일을 앞에 세운다는 의미도 있었다.

한편 『붉은 맹세』의 대형은 공격이 제일 약하고 지원마법을 쓰는 폴린이 중앙. 전위이자 키가 커서 시점이 높고 눈이 좋은 메비스가 당연히 선두. 검을 쓰고 오른손잡이인 마일은 오른쪽 후방.

마술사로 왼손잡이이든 오른손잡이이든 별로 상관없는 레나는 왼쪽 후방. 적확한 대형이었다.

반면 『빛나는 성검』 쪽은 완벽하다기보다 대충이라고 할까, 느슨한 대형으로 『붉은 맹세』의 뒤를 잇고 있었다. 서로의 관계도 그냥 적당했다.

장기전을 치를 때 완벽한 대형을 계속 유지하려고 하면 정신적 피로가 빨리 찾아오기 때문일까…….

또 서로의 거리가 너무 가까우면 순간적으로 무기를 뽑거나 휘두를 때 방해가 될 수도 있겠지. 그런 부분을 고려해 『적당히 느슨한 대형』을 짜는 것 역시 헌터에게는 필요하리라.

『붉은 맹세』는 모두 지나치게 성실한 사람들이라, 그런 면은 아직 『대쪽』같았다.


"……저기예요."

"응…….''

마일이 가리킨 곳에 오크 무리, 약 5~6마리가 있었다. 수가 정확하지 않은 이유는 나무에 가려 보이지 않는 곳에도 더 있을지 모르기 때문이다. 그리고…….

"특이종이 세 마리…….''

이건 탐색 마법이 아닌, 상식에서 벗어난 마일의 시력에 의한 판단이었다.

"딱 봐도 드워프 마을 때랑은 상황이 달라…….''

"균열이 생긴 시간도 완전히 다르고요."

그렇다, 레나와 폴린이 말한 대로 그때는 특이종만으로 집단을 형성해서 통상종이랄까 재래종이랄까, 『일반적인』 것과는 섞여 있지 않았고, 균열이 꽤 장기간에 걸쳐 같은 장소에 계속 나 있었던 것으로 보였다.

하지만 왕도로 오는 도중에도 그렇고 지금도, 특이종과 통상종이 섞여 있었으며 심지어 특이종이 무리의 주도권을 쥔 듯이 행동했다. 또 균열은 짧은 시간에 저절로 닫히는 모양인지, 딱 한 번을 제외하고는 특이종을 발견한 장소 근처에서 찾아볼 수 없었다.

게다가 그 한 번도 『붉은 맹세』 앞에서 바로 사라졌었다.

또 광범위하게 특이종이 발견되었던 점을 미루어보아, 아무래도 균열은 무척 빨리 닫히고 또 다른 장소에 나타난다고 보는 것이 유력했다.

……어쩌면 동시다발적으로 생길 가능성도 있다.

또 더 큰 문제는 『특이종에 지시를 내리는 듯한 이형의 금속제 골렘』이다.

이 골렘에 대해서는 길드에 간단한 사실(그 존재와 달아났다는 것)만 전달했을 뿐이다. 아직 정체도 모르는데 억측만으로 말해 봐야 소용없으니까.

그래서 길드 측은 『어쩌다 우연히 있었던 소형 아이언 골렘』으로만 인식하고 있었다.

하지만 물론 『붉은 맹세』는 마일의 모습으로 보건대 그것이 중요한 열쇠 같다고 생각했다.

……그리고『균열』의 존재.

다만 어쩌다 생긴 균열을 맞닥뜨릴 확률은 무척 낮으리라. 나노머신이 균열이 생겼다고 알려준다고 해도, 현장까지 몇 분 안에 도착할 수 있는 좋은 위치에 때마침 균열이 발생할 확률은 지극히 낮다.

그『우연』이라는 천재일우의 기회를 날려버린 것이 돌이켜 생각할수록 아쉬웠다.

"마법으로 장거리 기습. 이어서……."

레나가 평소 버릇대로 지시하려고 했는데,『빛나는 성검』리더 바르카스가 왼손을 들어서 막았다.

"아니, 그건 우리한테 맡기고 너희는 특이종이 달아나는 것만 막아줘. 원래 그러기로 얘기가 되었을 텐데."

"아……."

아차 하며 얼굴이 붉어지는 레나.

과연 그렇게 계획했었다. 게다가 전투 자체는『빛나는 성검』만 하지 않으면 이번 합동 수주의 의미가 없다. 레나의 실수였다.

그리하여 안내하기 위해 선두에 있던 마일 일행은 조금 뒤로 물러나고 마술사 조는 각자 지원 주문을 읊어 홀드.『빛나는 성검』이 공격 태세에 들어가려고 하는데…….

퍼엉! 슈웅!

""""야아아아아아아아앗~!""""

""""""앗?""""""

갑자기 오크 무리를 향해 불마법과 화살이 날아가더니, 그곳으로 돌진하는 젊은 헌터 세 명의 모습이 보였다.

깜짝 놀라 움직임을 멈춘『빛나는 성검』. 그리고 리더 바르카스의 입에서 말이 새어 나왔다.

"웨인……."

아무래도 바르카스의 조카이자 저 젊은 파티 리더의 이름인 듯했다.

"아이고……. 뒤를 밟아서 우리가 싸우는 모습을 보기만 하는 거면 문제없다는 생각에 무시하고 있었는데, 설마『우리의 실력을 보여줄게~!』하는 쪽이었을 줄이야……."

낙담하는 마일.

『빛나는 성검』은 순간 놀라서 굳었지만 바로 회복했다. 예상 밖의 사태가 일어날 때마다 그렇게 굳는다면 목숨이 몇 개가 있어도 모자랄 것이다.

게다가 상대는 오크 5~6마리. 만약 나무 뒤에 몇 마리가 더 숨어 있다고 쳐도 기껏해야 7~8마리 정도다. 그럭저럭 실력이 되는 C등급 헌터라면, 그것도 마술사가 포함되어 있고 기습에 성공까지 한다면 그리 힘든 적이 아니다. 다소 실패했다고 해도 부상자 한두 명쯤 나오는 정도겠지.

그래서 그들의 실력을 아는『빛나는 성검』멤버들은 지금은 지켜보기만 할 생각인지, 검을 다시 칼자루에 넣고 방관했다.

물론 젊은 파티가 만약 위기에 처하게 된다면 바로 도우러 움직일 수 있도록, 앉지 않고 서 있었다.

그리고…….


"앗?"

"뭐……지……."

오크 무리에 뛰어든 것은 검사 둘에 창사 하나.

관목에서 조금 떨어진 초지였기 때문인지, 삼림 화재 위험을 무시하고 쏜 불마법과 화살. 그리고 그에 맞춰 돌격한 전위직 세 명.

보통은 원격 공격으로 몇 마리가 다치고 혼란이 빚어진 때를 틈타 아직 다치지 않은 오크에게 검과 창을 휘둘러 치명상을 입히고, 이어서 원격 선제공격으로 다친 개체를 공격해 마무리 짓는다. 그리고 그때 즈음에 화살과 마법으로 2차 공격을 가한다.

이는 어느 정도 실력이 있는 C등급 파티라면 기본이었고, 약간 예상 밖의 일이 일어난다고 해도 믿고 쓸 수 있는 전법이었다.

……그렇다. 『약간』 예상 밖의 일이라면 말이다…….

불마법이 거의 먹히지 않았다.

화살 역시 두껍고 강인한 근육과 지방을 뚫지 못해 별다른 성과가 없었다.

……그리고 옆구리 쪽으로 힘껏 휘두른 검은 살을 살짝 파고들기는 했지만, 완전히 들어가 내장을 찢거나 하는 상황과는 거리가 멀었다.

"따, 딱딱해……."

퍼억!

검으로 오크의 옆구리를 베었다는 것은 다시 말해 그들과 가깝다는 뜻이다. 그 상태에서 움직임을 멈추면 당연히 반격당해 통나무 같은 팔에 맞는다.

"크……헉……."

몇 미터 떨어진 땅에 내동댕이쳐져, 일어서기는커녕 움직이지도 못하고 신음하는 검사.

또 다른 검사 웨인은 몸을 피하려고 시도는 했지만, 박힌 검을 빼기 위해 아주 약간 늦어버린 바람에 역시 얻어맞고 검을 겨우 쥔 채 내동댕이쳐졌다.

……그래도 스스로 뒤로 물러나려 했던 게 도움이 되었는지 앞 검사보다 타격은 많이 적은 듯했다.

한편 오크가 통상종이어서 창사의 공격은 평소대로 먹혔고, 활을 내던진 궁사 겸 경전사가 비교적 덜 다친 웨인을 부축해 대피했다.

타격을 크게 입은 검사는 오크가 너무 가까이에 있어 구출하지 못했는데, 창사가 오크를 멀리 떨어지게 하려고 필사적으로 공격했지만, 몹시 위험한 상황이었다.

마술사도 적과 아군의 거리가 가까워 강력한 공격 마법을 쏠 수 없었고, 애초에 그런 강력한 마법을 쓸 실력도 없는 듯했다.

결국 혼자 튀는 형태가 된 창사와 땅에 쓰러진 검사를 오크들이 포위하려고 했는데…….

"마일!"

"네!"

늘 전투 시 지휘를 맡는 레나의 지시를 기다리지 않고, 메비스가 마일을 부른 다음 검을 뽑아 오크 무리로 뛰어들려고 했다. 물론 마일은 찰떡 호흡으로 절묘하게 타이밍을 맞추었다. 메비스에게 지시가 밀린 레나 역시 이미 폴린과 함께 무영창으로 홀드해 둔 공격 마법을 쏠 타이밍을 엿보고 있었는데……

"너희는 후방에서 어시스트 해줘! 부상자의 안전 확보와 뒤에서 치려는 적을 막아주면 돼!"

"엥……"

바르카스에게 그런 지시를 받아버려 행동을 멈춘 메비스와 마일. 레나와 폴린도 마법 발동을 중지하고 홀드해둔 채 두었다.

이 합동 파티의 종합 지휘관은 바르카스였고, 전투 중 지휘관의 명령은 절대적이었다. 아무리 자신이 최선이라고 생각하는 판단과 다른 지시가 내려졌다고 하더라도 거스르지 않고 그 지시를 완벽하게 수행하는 것이 파티의 철칙이었으며, 그것은 합동 파티라도 다르지 않았다.

지휘관은 자신보다 강하고 지식과 경험이 풍부하며, 그것은 곧 자신보다 올바른 판단을 할 수 있다는 뜻이었다.

전투 중에 애송이가 지휘관의 지시를 따르지 않고 멋대로 굴었다가는 자신뿐 아니라 파티 전원을 위험에 빠트릴 수 있다. 그래서 전투 중에 멋대로 행동하는 것은 절대 금지였으며, 엄벌에 처해질 수 있었다. 불평이나 반대 의견은 전투가 끝난 후에 말하는 것이 철칙이었다.

바르카스는 자신들만으로 충분하다고 판단한 걸까.

아니면 절반이 미성년자(인 것처럼 보이는)인 『붉은 맹세』로는 역부족이어서 방해만 될 뿐이라고 여겼을까. 그것도 아니면 특이종을 발견할 수 있는 귀한 인재를 잃을까 봐 염려되어 후방의 안전한 장소에 두려는 의도일까. 이유는 모르겠지만 지휘관의 지시를 무시하는 것만은 헌터로서 절대 고를 수 없는 선택지였다.

"가자!"

"""하앗!"""

바르카스가 호령하자, 영창을 우선하기 위해 대답하지 않은 마술사를 제외한 나머지 세 사람으로부터 힘찬 대답이 돌아왔다.

……긴급 사태다.

리더의 지시에 따라 『빛나는 성검』이 전투에 뛰어들었다. 걸리적거리는 소녀들은 『어시스트』라는 명목으로 뒤로 물리고.

궁사 겸 경전사는 일단 화살을 쓴 원격 공격, 그리고 마술사는 영창을 끝내 홀드해 둔 얼음 계열의 공격 마법을 발동. 마법 공격을 화살보다 한 템포 늦게 한 것은 물론 화살이 날아가는 방향에 마법이 영향을 주지 않게 하기 위해서였다.

이어서 전위 세 명이 동시에 돌격했다.

화살은 당연히 특이종 한 마리를 노렸고, 공격 마법은 적 전체의 전투력을 깎기 위한 범위 공격 마법이었다. 공격 마법은 『불타는 신검』 멤버들도 맞았지만 별로 큰 위력이 없는 마법이어서 치명상을 입을 일은 없었다.

그리고 다음 영창을 시작하는 마술사, 마술사를 보호하는 위치에 있으면서 언제든 근접 전투용 무기로 바꿀 수 있게 대비하며 활을 겨누는 궁사.

그 무렵에는 이미 전위진이 오크와 교전을 벌이고 있었다.

젊은 파티와 비슷한 구성이었기 때문에(아마 그쪽이 『빛나는 성검』을 따라 한 거겠지만) 기본적인 공격 패턴은 같았다.

이럴 때는 실력을 자랑하기보다는 예부터 계속 써온 세련되고 실전 증명(컴뱃 프루프)이 끝난 방식이야말로 틀림없고 가장 믿을 수 있었다.

비슷한 공격이긴 했으나 이쪽은 A등급이 머지않은 베테랑 B등급 헌터다. 애송이는 절단하지 못했던 몸통도 쉽게 갈랐고, 애송이는 뚫지 못한 가슴팍도 쉽게 관통시켰다. 그것이 C등급과 B등급의 차이였다.

하지만…….

"윽, 딱딱해!"

"으윽! 말도 안 돼……."

"안 빠져……."

결과는 조금 전 젊은 파티의 공격보다야 효과가 있었지만 역시 한 번에 큰 타격을 주지는 못했다.

이 파티의 마술사는 지원계로 공격 마법은 살짝 약한 모양이었는데, 그건 어디까지나 『B등급 마술사로서』의 이야기로 C등급 마술사보다는 강력했다. 그 공격은 절반 가까이 되는 오크에게는 그럭저럭 효과가 먹혔지만, 몇몇 오크에게는 별로 효과가 없었다.

화살은 살짝 찌르는 선에서 그쳤다.

그리고 검과 창은 살을 꽤 많이 베기는 했으나 일격필살과는 거리가 멀었다.

"검으로 찔러! 베는 건 별로 안 먹혀! 유르프, 쓰러진 녀석을 뒤로!"

리더 바르카스의 지시에 또 다른 검사 크레스는 베기에서 찌르기로 공격 패턴을 바꾸었고, 궁사 겸 경전사 유르프는 쓰러져 신음하는 젊은 검사의 목덜미를 잡아 뒤쪽으로 질질 끌고 갔다.


"……마일?"

『빛나는 성검』이 예상보다 고전하는 듯 보였다. 자신들도 덤벼야 할까.

그렇게 여기고 이런 미묘한 판단에 있어서는 꽤 잘 맞는 마일의 생각을 확인한 레나였는데, 마일은 고개를 끄덕이지 않았다.

"지휘관의 명령이에요. 새로운 지시가 내려질 때까지는 후방에서 어시스트에 집중하기로 하죠. 그리고 저들에게 토벌을 경험하게 하는 계약이었어요. 저희는 어디까지나 서포트, 도움만 주는 걸로……. 그야 위험할 것 같으면 전투에 뛰어들겠지만, 아무리 그래도 B등급 상위 파티니까요. 젊은 부상자는 뒤쪽으로 뺐으니까 현재 위험한 상태인 사람은 없어요. 그리고 『빛나는 성검』은 모두 다치지 않았고, 특이종이 얼마나 힘겨운 상대인지 파악했을 테니 이제부터가 진짜예요. 저희는 베테랑 B등급 파티가 어떻게 싸우는지 보고 공부하기로 해요."

마일의 대답에 고개를 끄덕이는 레나 일행.

그렇다, 이런 기회는 흔치 않다. 그래서『빛나는 성검』의 싸움 방식을 눈에 똑똑히 담기로 한『붉은 맹세』였는데…….

'괜찮을까……. 아니, 대선배인 B등급 파티한테 이 무슨 실례 가 되는 생각을 하는 거야, 내가! 나 따위가 걱정하는 것조차 무례한, 베테랑 B등급 파티의 싸움 방식을 잘 보고 배워야지…….'

고개를 흔들며 스스로 그렇게 명령하는 메비스였는데, 조금, 아주 조금 불안한 마음이 올라오는 것을 억누를 수는 없었다.

한편 후위인 레나와 폴린은『B등급 파티의 전위』라는 것에 대해 과도한 신뢰를 품고 있었는지, 별로 걱정하는 얼굴이 아니었다. ……C등급인 마일과 메비스가 싸우는 장면이 눈에 익은 두 사람 에게 있어서 B등급 전위란 아무리 특이종이 섞여 있더라도 오크 몇 마리쯤이야 아무 걱정 없이 맡길 수 있는 상대였다.

그리고 마일은 전쟁터의 전체적인 추이를 파악하는 데 온 신경 을 집중했다. 물론 무슨 일이 일어났을 경우 바로 대처할 수 있도 록…….

다친 젊은 헌터들은 안전한 장소로 옮겨졌을 뿐, 치유 마법은 받지 않았다. 죽을 정도로 다친 것도 아니고 지금은 치료해도 전 력이 되지 못하는 자 때문에 마술사가 전선에서 벗어나기보다는, 그쪽을 나중으로 미루고 언제든 싸움에 투입될 수 있는 태세를 유지하는 편이 더 중요했다.

또 괜히 치유했다가 또 아무 생각 없이 오크에게 덤벼서『빛나 는 성검』의 발목을 잡거나, 부정적인 방향으로 싸움의 균형을 무너뜨릴 위험이 있었다.

……약자와 무능한 자는 그냥 자는 게 남을 위한 길이다.


"원격 공격이 통하지 않아!"

"근접 공격도 별로 안 통해!"

그들의 작전 미스였다.

『빛나는 성검』은 더 위험도가 크고, 달아나지 않고 확실하게 숨통을 끊어야 하는 특이종부터 먼저 처리하려고 했는데, 예상이 빗나갔다.

통상종부터 쓰러트리면 적의 수가 줄어들어서 받는 공격 횟수도 줄어든다. 하지만 특이종에게 다소의 타격을 줬다고 해도 아예 쓰러트리지 못하면 적의 공격량은 줄어들지 않고, 오는 공격에 대응하다 보면 공격할 여력이 없어진다.

원격 공격은 통상종의 수를 줄이는 데 썼어야 했다. 그랬더라면 어느 정도 효과가 있어서 적의 전투력을 떨어트릴 수 있었을 것이다. 그리고 전위진은 접근과 동시에 남은 통상종을 일축하고 다 함께 특이종 세 마리를 뭇매질…….

그런데 왜 그렇게 하지 않았을까.

……그렇다, 특이종을 얕보고 있었다. 『붉은 맹세』가 잘 설명했음에도 불구하고, 『끽해야 오크와 오거 중간 정도겠지』하고 생각했던 것인지…….

그리고 결국, 특이종 때문에 애먹던 전위직이 통상종 오크의 공격을 맞았다.

"크헉!"

몸이 붕 날아가는 검사.

죽지는 않았겠지만, 오른팔과 아마도 갈비뼈 몇 대는 부러졌으리라.

……이제는 전력에서 제외다.

전위 세 사람과 젊은 창사까지 넷이서도 버티지 못했는데, 주력 중 하나가 빠졌으니 버틸 수 있을 리 없었다.

부상자를 뒤로 뺀 두 파티의 궁사 겸 경전사가 검을 뽑으며 달려갔지만, 전문직 검사도 해내지 못한 것을 겸업인 경전사가 어떻게 상대하겠는가.

전위가 적과 엉켜 있으면 아군까지 공격(프랜들리 파이어)할까 염려되어, 마술사는 강력한 공격 마법을 쏘지 못했고 지원 마법에도 한계가 있었다.

젊은 파티의 창사와 궁사 겸 경전사는 고군분투하고 있었지만 둘이 합해도 『빛나는 성검』 멤버 한 명의 전투력에도 미치지 못해서, 타격을 조금씩 주고는 있어도 아직 전투력이 그리 떨어진 것처럼 보이지 않는 특이종 세 마리와 통상종을 상대하고 있는 전위들은 점차 몸놀림이 느려지기 시작했다.

……오크를 상대로 인간이 힘과 지구력을 겨뤄서 이기기란 불가능하다.

이대로는…….


"마일!"

"넷!"

동시에 뛰어가는 마일과 메비스.

레나와 폴린은 아군을 공격하는 것을 피하고자, 공격 자세로 대기했다. 만약 아군이 정말 위기에 빠지면 아군까지 공격당할 위험을 감수하고서라도 주저 없이 치사성 없는 마법으로 공격하겠지만 지금은 아직 이르다.

어차피 마일과 메비스가 참전했으니까…….

타앗, 파앗, 사앗!

마일과 메비스가 남아 있던 모든 통상종과 특이종 중 한 마리를 베어서, 적의 숫자가 줄어 전력을 집중할 수 있게 된 전위진이 겨우 태세를 바로잡고 남은 특이종 두 마리를 베었다.

그리고 안전을 확인한 후 접근한 마술사의 공격 마법까지 더해지며 특이종 세 마리, 통상종 네 마리로 된 오크 무리가 섬멸되었다.

"""…………."""

할 말을 잃은 표정으로 입을 꾹 다문 채, 땅에 쓰러진 특이종 오크 세 마리를 응시하는 『빛나는 성검』 전위진.

마일과 폴린은 젊은 파티 『불타는 신검』의 부상자를 치료하러 갔기 때문에 『빛나는 성검』 마술사는 자기 파티의 부상자인 검사에게 치유 마법을 걸었다. 공 격마법, 지원 마법, 치유 마법까지 구사하는 올라운더인 모양이었다. 과연 B등급이다.

"망했다……."

"뻥이지……."

"야야야……."

C등급 하위라면 그나마 이해하지만, B등급 상위 파티인데 고작 오크 따위를 상대하는데 고전을 면치 못했다.

……심지어 계약상으로 안내만 해주기로 했던 소녀 파티가 위험하다고 판단해 개입할 정도의 실태.

그리고 그 개입을 불쾌하게 여기는 것조차 못했다.

물론 그대로 내버려 뒀더라도 오크들을 겨우 잡았을지도 모른다. 한두 명의 중상 또는 죽음이라는 대가와 맞바꿔서…….

만약『붉은 맹세』가 함께하지 않았다면.

만약 특이종이 네 마리였다면. 아니, 이 무리의 오크 전부 특이종이었다면.

만약 이게 오크가 아니라, 소문만 무성한『오거 특이종』이라면…….

"""망했다……."""


마일과 폴린은 젊은 파티의 부상자를 치유해준 다음, 완치와는 거리가 먼 상태였던『빛나는 성검』의 검사까지 완전히 치료했다.

물론 그 모습을 지켜본『빛나는 성검』과 젊은 파티『불타는 신검』(이 이름도『빛나는 성검』을 따라 했다)들 사이에 분위기가 싸해졌다.

특히 양쪽 마술사는 바닥에 두 손을 짚고 좌절하고 있었다.

＊　＊

"자, 수납을 부탁할게."

"아, 네!"

일단락된 후 『빛나는 성검』 리더의 부탁을 받고 오크를 수납하려는 마일이었는데…….

"잠깐만요!"

왜 그런지 폴린이 막았다.

"만약 저희가 없었다면, 그리고 특이종에 대한 상세한 정보를 몰랐다면 여러분은 지금 어떻게 하실 것 같나요?"

""""""엥…….""""""

폴린의 질문에 당황한 『빛나는 성검』 멤버들.

"아니, 그야 해체해서 제일 비싸게 팔 수 있는 부분만 가지고 돌아가겠지……."

"그렇겠죠……."

그들의 대답에 역시, 하는 표정을 짓는 폴린.

"아……."

그리고 뭔가 알아차린 마일.

"길드 해체장을 확인해도 특이종은 보지 못했을 거예요…….일단 헌터 쪽이 지면 아무리 생존자가 있다고 하더라도 사냥감을 가지고 돌아갈 여유는 없을 테니까요. 부상자를 부축해서 달아나느라 정신없겠죠. 어느 정도 마물을 쓰러트리고 물리쳤다고 해도 보통 특이종은 살아남는 쪽일 테고, 만약 잡았다 해도 동료가 그 사체를 끌고 돌아가요. 또 무사히 마물을 전멸시켰더라도『이상하게 이번에는 힘들었네……』하면서 사냥감을 해체해 제일 비싸게 팔리는 부분만 가지고 돌아가겠죠…….”

““아…….””

아무래도 레나와 메비스 역시 이해한 듯했다.

““그럼 해체장에 특이종이 있을 리가 없지!””

그렇다, 고깃덩어리로 바뀌지 않고 통째 반입되는 것은 비교적 근처에서 잡은, 작아서 옮기기에 그리 힘들지 않은 사냥감뿐이었다.

……그리고 특이종은 모두 덩치가 크다.

특이종이라도 별로 크지 않은 고블린 등은 어차피 팔 수 있는 소재가 없기에 통째 들고 돌아올 사람이 없다. 가지고 오는 것은 토벌 증명 부위인 귀뿐이다.

『붉은 맹세』는 자신들이 마일의 수납 덕분에 늘 사냥감을 통째로 가지고 돌아올 수 있어서, 그 부분에 대한 감각이 완전히 어긋났다.

“맞아요, 특이종의 존재가 잘 알려지지 않았던 거예요. 그리고 어엿한 헌터 중에『고블린이 이상하게 강했다』,『오크한테 고전했다』하고 말할 수 있는 사람이 있다고 생각해요?”

고개를 가로젓는 레나 일행.

그렇다, 그런 말을 했다간 길드에서 웃음거리가 될 것이다.

그리고 귀환 후, 그런 보고를 해야만 하는『빛나는 성검』.

"…………."

* *

그 후 혼나고 얻어맞아서 의기소침해진 젊은 파티『불타는 신검』을 계속 달고 얼마간 사냥을 이어가다가 또 특이종 한 마리를 포함한 고블린 무리를 토벌한 일행은 오늘은 거기까지만 하기로 하고 야영 준비에 들어갔다. 오늘은 여기서 야영하고, 내일 오전에 좀 더 사냥한 다음 오후가 되기 전에는 돌아갈 예정이었다.

점심 식사는 숲을 나가기 조금 전에 휴식을 겸해 간단히 마칠 생각이었다. 그리고 저녁 무렵에 왕도에 도착하는 일정이다.

일행은 큰 나무 아래에서 야영하기로 했다.

날씨는 별로 걱정 없었지만, 만약에 비가 내린다고 해도 웬만한 큰비가 아닌 이상에는 별로 젖지 않을 터였다. 고작 일박 이일 사냥에 본격적인 텐트 따위를 가지고 오는 사람은 없다. 짐이 되어, 잡은 사냥감도 가지고 돌아갈 수 없게 되어버리면 의미가 없으니까.

그래서 침구는 망토 아니면 풀을 까는 것이 전부였다.

그리고…….

"자, 그럼 이야기를 시작해볼까……."

"……."

설교는 낮에 다 끝났다.

그렇게 여겼던 모양인『불타는 신검』은 바르카스의 말에 아연

실색했다.

오크 무리를 섬멸한 후 바르카스의 주먹과 함께하는 질책을 아주 길게 들었던 것이다.

"이 멍청이들아. 날이 어두워지기 전에 의뢰 임무를 다 마쳐야 하고, 그 자리에 계속 머물러 있으면 피 냄새 때문에 의뢰 대상이 아닌 마물이 모이니까 말하던 도중에 끊은 거잖아, 당연히! 식전, 식후, 수면시간 전까지 시간이 충분하니까, 이번에야말로 아주 철저히 교육시켜 주마. 아, 너희는 이 의뢰랑 상관없으니 야영 경비 당번은 대상에서 제외해주마. 그러니까 아주 늦게까지 안 자도 되겠지?"

절망하는 다섯 청년.

물론 마일 일행은 못 본 척했다…….

\* \*

"모르는 거냐! 우리 B등급 파티가 합동 수주한 시점에서, 이 의뢰가 일반 의뢰가 아니라는 것 정도는 고블린이라도 알 텐데! 그 시답잖은 질투심 때문에 끼어들어서 동료들을 죽게 할 뻔하다니! ……전부, 너 때문이야, 웨인! 만약 『붉은 맹세』에 대신관을 웃도는 치유 마법을 쓰는 사람이 없었더라면 너희 검사, 키르는 도시로 돌아갈 때까지 버티지 못했거나 살아 돌아가더라도 후유증 때문에 헌터를 그만둬야 할 수도 있어. 그걸 정말 모르는 거냐!"

……끝없이 이어지는 바르카스의 설교.

어쩔 수 없다. 『불타는 신검』은 그런 말을 들어도 쌀 짓을 했고, 목숨을 구해준 자의 질책은 달게 받는 것이 이 업계의 관례였다.

그런데 웨인이 반론에 나섰다.

"……하지만 우리랑은 합동 수주를 안 해주면서 이런 아무 상관도 없는, 절반은 미성년자에 여자들뿐인 파티 따위랑은……."

"이 멍청아! 너, 낮에 대체 뭘 본 거야! 너희가 오크한테 한 번에 당하고, 너희를 구하러 나선 우리까지 뻘짓 해서 큰일 날 뻔하던 차에 구해준 게 누구였는지 안 보였냐! 네 그 얼굴에 붙은 눈알 두 개는 그냥 장식이냐!"

이제는 난타였다.

하지만 『빛나는 성검』도 『붉은 맹세』도, 아무도 청년들을 도우려고 하지 않았다.

당연한 대가.

그리고 그들이 두 번 다시 같은 과오를 반복하지 않도록 꾸짖고 비난하는 일은 그들이 즉사하지 않도록, 그리고 크게 다쳐 일찍 헌터 일을 그만두는 일이 없도록 방지하기 위해 꼭 필요한 일이었기 때문이다.

젊은 헌터 『불타는 신검』의 고난의 시간은 좀 더 계속될 것 같다…….

\* \*

식사 준비에 들어갈 때 즈음, 마침내 바르카스의 설교가 끝났다.

……『식전부』는.

아직『식후부』가 남아 있었다.

이번 활동에 있어서 식사는 전부『붉은 맹세』가 제공해주기로 되어 있었다.

헌터는 실력으로 말하는 세계여서 남녀가 평등하지만, 여성들로만 구성된 파티가 먼저 식사 준비를 맡겨 달라고 하면 이의를 제기할 남자는 없으리라. 이번에는『빛나는 성검』이 전투 담당, 『붉은 맹세』는 지원 담당인 만큼 더욱 그랬다.

어쩔 수 없이『불타는 신검』의 몫까지 만들어주기로 한 것은 너무나 맥없는 그들이 불쌍해서 그냥 둘 수 없기 때문이었는데, 폴린마저도 그들에게 식사를 무료 제공하는 것을 막으려고 하지 않았다.

그렇게 설교가 끝나고 마일 일행이 식사 준비에 들어갔는데…….

아이템 박스에서 아궁이와 조리대, 조리도구, 큰 냄비, 물탱크와 식자재 등을 왕창 꺼내 실력을 발휘하는 마일.

물론 접시에 담긴 따뜻한 요리를 바로 아이템 박스에서 꺼내는 게 아니라『지극히 평범한, C등급 파티의 요리』를 연기하는 것도 잊지 않고.

……약간, 늦은 감이 있었다.

"자~, 다 됐습니다!"

그리하여 마일 일행이 차린 저녁 식사가 완성되자…….

"""""""……"""""".

『빛나는 성검』과 『불타는 신검』 멤버들은 아무도 입을 열지 않았다.

······공중에서 속속 등장한 조리도구와 고기, 채소.

그리고 그 이전의 문제로, 조리하기 전에 잇달아 등장했던 텐트, 돌로 된 거대 화장실과 욕실.

이번에는 1박만 한다. 그래서 너무 엄청난 것을 보여주면 안 된다고 생각한 『붉은 맹세』는 다소의 불편을 참고 대형 텐트와 침대를 꺼내는 것은 자제하고, 소형 텐트와 휴대식 요새 화장실, 휴대식 요새 욕실만 꺼내 『용량이 조금 큰 수납 마법을 쓸 수 있는 지극히 평범한 C등급 파티』를 연기하기로 했던 것인데······.

······조금, 늦은 감이 있었다.

『빛나는 성검』 멤버는 어떻게든 이성을 유지하려고 필사적으로 참았다.

하지만 『불타는 신검』 쪽은 무리였다.

모두의 입 밖으로 혼이 빠져나와 있었다.

하지만 그 모습을 비난하거나 비웃을 수 있는 사람은 아무도 없었다······.


『불타는 신검』이 겨우 부활한 후, 별 대화 없는 식사가 끝난 후로는 다시 대설교 대회가 시작되었다. 『빛나는 성검』 파티 리더이자, 젊은 파티 『불타는 신검』 리더 웨인의 삼촌인 바르카스의 주먹과 함께하는 설교 대회의 제3부가······.

그리고 왜 그런지 이번에는 웨인 무리의 입에서 『붉은 맹세』를 낮잡아보는 발언은 나오지 않았다.


　긴 설교가 끝나고, 오늘 밤은『일본 전래 허풍동화』는 생략하고 B등급 파티『빛나는 성검』에게 이런저런 이야기를 듣기로 한『붉은 맹세』.

　좀처럼 없는 기회이기에, 마일 일행 모두 기대하며 눈빛을 반짝였다. 특히 승급과 관련하여 의욕이 큰 메비스와 레나가 덤벼드는 모습은 굉장했다.

　높은 등급 헌터라면 이전에『미스릴의 포효』와도 합동 수주를 한 적 있지만, 그때는 졸업 검정 때 일도 있고 해서 서로 분위기가 미묘했던 데다가, 그때 이후로 더 많은 경험을 쌓았기에 새로 듣고 싶은 것도 많이 있던 차였다.

　그리하여 이번에 봉사활동이라고도 할 수 있는 서비스의 본전을 뽑을 정도로 밤늦도록『빛나는 성검』에게 질문 공세를 퍼붓는『붉은 맹세』였다.

　그리고 물론『불타는 신검』의 다섯 멤버 역시 한마디도 놓치지 않겠다는 듯 진지한 표정으로 귀를 기울였다…….


＊　＊


　"""""……."""""

　어젯밤 질문 공세가 괴로웠는지, 아니면 말도 안 되는 수납 마법이나 흉내 낼 엄두도 나지 않는『점괘』에 의한 특이종 탐색 방식에 좌절했는지, 아침부터 기운이 없는『빛나는 성검』의 다섯 멤버들.

당연히 더 심하게 기운 없는『불타는 신검』의 다섯 멤버들.

아마 설교에 지친 탓도 있겠지만 죽을 뻔했다는 공포와 후회, 아쉬움 등 때문에 푹 자지 못했으리라.

하지만 다들 마일이 만들어 준 조식과 수프는 깨끗이 비웠다. 아무리 기분이 가라앉아 있어도 먹을 수 있을 때는 먹는다. 헌터로서는 당연한 행동이었다.

먹는 것도 자는 것도 일처럼. 자신의 컨디션을 관리하지 못하는 사람은 오래 해나갈 수 없다.

정말 맛없는 밥이라도 숨을 참아가며 먹는다. 혐오 음식에도 눈 하나 깜짝하지 않는다.

그에 비하면 마일의 요리는 컨디션이 나빠도 맛있게 먹을 수 있었다.

그 후 오후가 되기 전까지 사냥을 계속했는데, 일반적인 마물을 몇 번 발견했지만, 그것들은 이번 대상이 아니었기에 그냥 보냈다. 특이종은 발견되지 않았다.

하지만 어제 설교가 효과가 있는지,『불타는 신검』의 다섯 명은 아주 훌륭한 태도로, 먼저 공격해오는 통상종 오크와 오거, 삼림 늑대 등을 닥치는 대로 베고 마법으로 날려버리는 마일의 싸움 방식을 머릿속에 단단히 새겨 넣으려는 듯 유심히 관찰했다.

그 모습에 마일은 이제 좀 자신들의 실력 부족을 자각하고 반성하는 건가, 하고 생각했다.

그리고 레나 삼인방은 가여운 눈빛으로 그들을 응시했다.

"'마일의 싸움 방식은 아무리 관찰해도 전혀 참고가 안 될 텐데. 『일반인』은 말이야…….'"


그렇게 정오가 되자 마일이 만든 간단한 밥을 먹은 후 일행은 그대로 귀환하기로 했다.

바르카스가 웨인을 비롯한 『불타는 신검』이 저지른 짓을 비밀로 해달라고 부탁하자 마일 일행이 쓴웃음 지으며 받아들인 후에……

진지하게 화내고 질책하긴 했지만 역시 조카와 후배 청년들을 감싸고 싶은 것은 어쩔 수 없는 마음이었고, 마일 일행 역시 젊은 파티가 더 이상 길드 마스터와 직원들에게 혼나길 바라지 않았다. 바르카스에게 이미 충분히 혼났으니까…….


＊　＊


"고생 많았어. 아무 정보도 없었던 지금까지를 생각하면 충분한 성과야!"

해체장에 가 수납에서 사냥감을 꺼내는 마일과 그 주위에 있던 이번 합동 수주 멤버들에게 길드 마스터가 격려했다.

이번에는 특이종 오크 세 마리, 고블린 한 마리로 수가 적었기 때문에 『붉은 맹세』는 조금 미안한 표정을 짓고 있었는데, 그 마음을 꿰뚫어 보는 듯한 길드 마스터의 그 말에 안도했다.

아무리『신인』딱지를 반납했어도 그런 부분은 아직 뻔뻔하게 굴지 못하고, 마음이 여리고 걱정이 많은 일면도 있는『붉은 맹세』였다.

하지만 과연 특이종이 그렇게 어디에나 흔히 있는 것도 아니고, 고작 일박 이일에 이 정도로 잡았으니 행운이라고 말해야 할 것이다.

처음에 납입한 수가 무척 많았던 것은 탐색 마법을 최대 영역으로 켜두고 시골 숲과 산악지대를 돌파했기 때문이다. 왕도에서 그리 멀지 않은 숲에서 이 정도로 잡았으면…… 아니, 그런 곳에 이렇게 많이 있었다는 사실이 더 큰 문제였다.

"이야기에 있었던 코볼트나 뿔토끼(혼래빗) 특이종이야 별로 문제가 안 되지만……. 물론 마을 아이들과 젊은 여자들은 위험하겠지만 헌터는 물론 일반 마을 사람들도 성인 남자나 기 센 아줌마 같으면 반격도 가능할 테니까."

길드 마스터가 그렇게 말했는데, 어디까지나 그건 일대일의 경우다. 일반적인 코볼트도 몇 마리가 모여 있으면 성인 남자를 덮쳐 죽일 수 있다. 그게 특이종이 되면 두세 마리라도 헌터가 아닌 성인 한 명 정도는 식은 죽 먹기로 죽이겠지. ……그게 설령 도끼를 쥔 사람이나『기 센 아줌마』라 해도 말이다…….

길드 마스터도 그 정도는 모를 리 없기에, 약간의 반농담으로 한 말에 지나지 않으리라. 그렇게 여긴 마일 일행은 말참견하지 않았다.

"그런데 오거 특이종이 나온다고 하면……."

그렇다, 이번에는 왕도 근처에서는 발견되지 않았지만, 그런 게 갑자기 나온다면 C등급 파티라도 위험하달까…… 최근 국내 각지에서 전멸한 파티의 수가 늘고 있는 것은 그 탓일 수도 있다.

게다가 오거 특이종의 존재는 이미 마일 일행이 처음에 납입했던 사체로 확인되었다.

그래도 상황만 잘 파악하고 있으면 국가 존망이 걸린 위기로 발전하지는 않겠지.

그 정도는 B등급 이상의 파티나 C등급 파티를 두세 팀 정도 붙이면 끝나고, 무엇보다도 이 일을 보고하면 국군이 나설 것이다. ……그리고 당연히 각 영지 주군도.

지금 군을 보내지 않으면 언제 보내겠는가, 하는 이야기이다.

애당초 헌터는 정의의 사도나 자선 사업가가 아니다. 굶지 않으려고, 살기 위해 돈을 벌려고 그냥 직업 중 하나로 선택한 것뿐이다. ……그것도 대부분 C등급 이하는 밑바닥 직업이다.

살아 돌아올 확률 99.99% 정도 되는 안전한 일을 받아 그날 식비와 숙소비만 버는 게 고작인 자들이 이런『붉은 의뢰』를 기꺼이 받아들일 리 없었고, 위에서 주는 압박으로 어쩔 수 없이 받았다고 하더라도 그리 적극적으로 움직이진 않을 터였다.

어차피 제일 위험하다는 상단 호위조차 실제로 습격당할 확률은 낮았고, 만약 도적이 압도적으로 우세하다면 바로 항복하면 죽을 일이 없다. 항복한 호위 헌터를 죽여 봐야 도적이 얻을 것 하나 없고, 오히려 단점만 많으니까.

그래서『특이종 오크 또는 오거를 잡는 것』은 일반 헌터 입장에서는 기존 보수금에 웃돈을 더 얹어주는 정도로는 커버할 수 없을 정도로 리스크 앤 리턴의 수지가 맞지 않는『붉은 의뢰』였다. ……흐르는 피의 색깔 그리고『적자』를 의미하는 붉은색이다.

물론『붉은 맹세』나 특이종의 힘을 잘 알아 제대로 대책을 세운 지금의『빛나는 성검』수준으로는 큰 어려움 없이 처리할 수 있으므로 아무 문제도 없다.

지난번과 마찬가지로 5배라는 가격에 소재를 팔 수 있다면 의뢰 보수까지 포함해 아주 혹하는 의뢰지만, ……『붉은 맹세』이외의 파티는 사냥감을 통째로 가지고 돌아오기가 힘들다. 그리고 특이종을 발견하는 것도…….

……결국 특이종 사냥으로 수입이 짭짤해지는 것은『붉은 맹세』뿐인 셈이었다…….

* *

"그럼 저희는 이만……. 여러 가지로 지도 편달해주셔서 감사했습니다!"

"""감사했습니다!"""

밤늦도록 이것저것 들을 수 있었던 점은 고맙게 여기고 있었다. 그래서 길드 마스터가 아닌『빛나는 성검』을 향해 고개 숙여 인사한 후 숙소로 돌아가는『붉은 맹세』였다.

대금은 이미 받았다. 사냥감 토벌 보수와 소재 매각금은『빛나는 성검』과 반씩 나누었지만, 『붉은 맹세』에는 그와 별개로 지명 의뢰 보수금이 있었기 때문에 이익이 많았던 임무였다.

"아……."

『빛나는 성검』의 리더 바르카스가 『붉은 맹세』를 붙잡으려고 오른손을 들어 부르려다가 단념하고 조용히 손을 내렸다.

길드 마스터는 수고했어, 하면서 웃는 얼굴로 『붉은 맹세』를 보내 주었는데, 그건 아마 『빛나는 성검』이 그녀들의 특이종 발견 방법을 알아냈다고 여겼기 때문이리라.

……이제부터 바르카스는 그 부분을 설명해야만 했다.

『점괘』로 하는 특이종 발견 방법에 대하여.

"…………."

뭐, 그냥 평범하게 이 잡듯 샅샅이 뒤지면 될 일이다. 국토 구석구석 빠짐없이…….

＊　＊

"괜찮을까요, 보고 안 하고 바로 출발해도……."

"별로 상관없어. 왕도에 왔을 때도 수행 여행으로 왔다고 보고한 것도 아니잖아. 다들 그렇게 생각하도록 행동했을 뿐이지 작법에 따라 길드 입구에서 큰 소리로 보고한 건 아니니까 문제가될 것 없지."

"그러네요……."

레나가 잘 구슬리자 바로 납득하는 마일.

"그리고 아침 일찍 출발하지 않으면 길드 마스터가 『특이종을 발견하는 방법을 알려줘』하면서 부탁할 게 뻔해. 그럼 난감하잖아, 마일짱?"

"아, 네……."

폴린의 말대로 어제『붉은 맹세』가 떠난 후『빛나는 성검』이 자세히 보고했을 것이다. 그리고 분명 기대하고 있었을『특이종을 찾아내는 방법』을 자신들은 따라 할 수 없다는 사실을 안 길드 마스터는 당분간, 그러니까 특이종을 대충 정리할 때까지『붉은 맹세』에 협력을 요청할 게 뻔했다.

그 의뢰를 받으면 분명 높은 등급 헌터라든지 군대와 같이 행동해야 하게 될 테고, 그 의뢰가 끝날 때까지 시간이 얼마나 걸릴지 알 수 없다.

……그렇다, 끝이 언제인지 명확하지 않은 것이다.

국토는 넓고, 특이종이 얼마나 있는지도 모른다. 자칫 잘못하면 토벌하는 속도보다 특이종의 증가 속도가 더 빠를 가능성도…….

그런 일에는 도저히 응할 수도 없고, 빨리 귀국해 보고해서 원래 의뢰를 완수해야 한다.

그래서 여인숙에서 아침을 먹은 후 바로 왕도를 떠나는『붉은 맹세』일행이었다.

"그리고 이번 일은 이 나라만의 문제가 아니잖아. 우리가『특이종』이라고 부르는 신종 마물이나, 네가 존재를 걱정하고 있는『미스터리한 흑막』같은 것들이 인간이 마음대로 정해놓은 국경을 존중해주겠냐고."

"""듣고 보니……."""

모두가 납득하는 것도 당연했다. 애당초 첫 사건은 이 나라가 아니라 여기서 남서 방향에 있는 마레인 왕국의 산간지대, 드워프 마을 근처에서 일어났으니까. 그리고 그 장소는 마레인 왕국의 동쪽으로 접하고 있는 이웃 나라, 트리스트 왕국과의 국경선에 근접했다.

『붉은 맹세』의 본거지인 티루스 왕국에서는 거리가 조금 있었지만, 여기서 드워프 마을까지의 거리를 생각하면 안심할 수 없었다. 이미 다른 나라에서도 특이종이 늘어나고 있을 가능성을 부정할 수 없다.

아무튼 지금은 모든 이웃 나라 상위층 그리고 국경을 넘나들며 활동하는 초국가적 조직인 헌터 길드의 수뇌부가 상황을 파악하는 것이 최우선 사항이리라. 지금은 시간을 허투루 쓸 때가 아니다.

그렇기에 길드 마스터를 내버려 두고 도망치듯 왕도를 떠난 데 딱히 악의가 담겨 있는 것은 아니다.

……아마도.

## 제104장   형체 없는 적

【마일 님, 귀환했습니다!】

오브람 왕국 왕도를 떠난 지 3일 후, 텐트 안 간이침대에 누워 있는 마일에게 나노머신이 보고했다.

'앗? 티루스 왕국과의 국경은 아직 좀 남았잖아?'

이제 막 잠들려다가 깬 바람에 마일은 정신이 멍해서 아직 정상적인 사고를 할 수 없었다.

【그게 아니라요오오오! 잊지 말라고 했잖습니까아아아아아~!】

'아…….'

그렇다, 지금 나노머신이 『귀환했다』라고 말한 뜻은 당연히 그것이었다.

【마일 님이 『저쪽』에 억지로 던져버린 제 동료들을 말씀드리는 겁니다아앗!】

나노머신, 격노했다.

아니, 사실은 화난 게 아니라 『그런 것처럼 굴고 있을 뿐』인지도 모르지만…….

'그런데 생각보다 빨리 왔네. 아직 얼마 안 지났는데…….'

【……가급적 빨리 귀환할 의무가 있으니까요!】

'아.'

큰일이다.

무척 드물게도, 마일이 그 사실을 알아차렸다.

그렇다, 언뜻 평소와 다름없이 말하고 있는(고막을 진동시키는) 것처럼 들리지만, 어쩌면 나노짱이 조금 화나 있는 게 아닌가 하는 사실을 말이다…….

마일은 말투는 평소와 다르지 않은데 눈이 웃고 있지 않은 경우는 익숙했다.

……폴린 때문에.

이번에는 상대의 눈과 표정이 보이지 않음에도 불구하고 그 사실을 알아차린 마일. 조금은 성장한 듯하다.

'미, 미안!'

그렇다, 아까 한 자신의 발언에 『네가 할 말이냐!』 하고 화내도 어쩔 수 없다는 걸 마일도 알았다.

【아니, 우리야 괜찮은데! 평소에 할 수 없는 체험을 할 수 있어서 즐거웠으니까 오히려 고맙지, 뭐! ……다만 모처럼 순서가 돌아왔는데 못 했으니까, 다음 마이크로스 역할 때는 순서를 좀 앞쪽에 넣어줬으면 좋겠네!】

【……당연한 권리입니다. 그렇게 준비하겠습니다.】

【어, 땡큐.】

이차원 파견대의 대표로 발언한(마일의 고막을 진동시켜서) 나노머신은 말투가 조금 거침없는 개체 같았다.

그 수가 막대하고, 유구한 시간을 살아온 나노머신이기에 저마다 개성과 사고 루틴에 폭이랄까 흔들림이랄까, 『개체 차이』가 있었다.

조물주가 내린 자비인지, 같은 사상이어서 전멸하지 않도록 설정해놓은 단순한 안전장치에 지나지 않은 건지는 잘 모르겠지만……

【그럼 보고를.】

【오케이!】

그리고 그 개체가 마일에게 보고를 시작했다.

물론 나노넷을 매개로 한 중핵 센터와 다른 개체에 대한 보고는 데이터 전송을 통해 순식간에 끝났다.

\* \*

'허억, 저쪽에는 차원 도약 기관도 시공간 관통 굴삭 시스템도 차원 항행함도, 아무것도 없었다고?'

**【네. 광범위로 조사한 건 아니지만 균열 출구 주변은 그냥 황무지였고, 기계 문명의 존재를 짐작하게 하는 것으로는 『그것』과 그 동류로 보이는 몇 개체만 확인했을 뿐입니다.】**

왜 그런지 보고할 때는 그때까지 쓰던 개성 있는 말투가 아니라, 평범하게 말하는 이차원 파견대 대표. 이야기를 원활하게 이어가기 위해서인가, 그게 규정인 건가…….

**【그리고 이 세계의 인간종에 해당하는 지적 생명체의 존재는 확인하지 못했습니다.】**

'뭐어어어어?!'

경악한 나머지, 침대에 누워 감고 있던 눈을 번쩍 뜨는 마일.

'……그렇다면 군단을 형성한 원숭이나 큰 틀에서의 새인간이라든지, 돌고래가 공격해왔다거나, 그런 인간종 이외의 지적 생명체가…….'

【없었습니다.】

'아, 네, 그렇습니까…….'

아무래도 진짜 없었던 모양이다.

'그럼 그 금속제 골렘…… 아니, 로봇이지, 그건……. 그건 도대체 뭐야? ……그런데 별 전체의 몇 퍼센트 정도를 조사했는데?'

【사방으로 500 정도…….】

'사방으로 500마일? 하지만 별 전체로 봤을 때는 극히 일부일 뿐이니까…….'

그렇다, 어쩌다 방치되어 있던 불모지였다거나 지적 생명체들은 지하에 방공 도시를 만들었다거나 하는 것은 흔히 있는 이야기이다.

지구에서도 사하라 사막 한복판이나 태평양 한복판 등 주변에 사람이 없는 지역이야 얼마든지 있다. 그렇게 생각한 마일이었는데…….

【미터로.】

'뭐라고?'

【그러니까, 사방으로 500m 정도입니다, 확인한 것은…….】

'그, 그게 뭐야아아아아아아~!'

마일이 속으로 절규한 것도 무리가 아니다.

사방으로 500m에 적이 보이지 않음.

그건 적과 한창 교전이라도 치르지 않은 이상 아무짝에도 쓸모없는 정보였다.

'좁아! 조사 범위가 너무 좁다고! 왜 그렇게 탐색 범위가 좁았던 거야?!'

【저희는 이 차원 세계의, 이 별에서만 활동하도록 명령받았습니다. 그래서 다른 차원 세계에서는 마음대로 적극적인 행동을 하는 것을 허락받지 못했습니다. 그렇기에 갑자기 이차원 세계로 내던져진 저희는 그 세계에 간섭하지 않고, 그러면서도 마일 님이 내리신 『균열에서 바로 돌아오는 것은 금지』라는 명령에 따라, 또 가급적 신속하게 이 차원 세계로 돌아오는 것 이외에는 자기 방위 정도밖에 행동의 자유가 없어서…….】

그 부분은 나노에게서 이미 들었다.

'하지만 귀환하기 위해 조사하면서 여기저기 돌아다녔을 거 아냐? 그때 어쩌다가 보고 들은 것도 있을 테고……. 왜 그게 500m 권내냐고!'

기대했던, 모처럼 보낸 정보 수집 부대가 설마 했던 『성과 없음』. 기대가 빗나가 속으로 실망을 감추지 못하는 마일이었다.

지구에서도 핵실험을 할 때 반경 500m 이내에는 사람이 있을 리가 없지 않은가.

그러니 당연히, 위험할 차원 전이 현장 주변에 지적 생명체가 없어도, 아무 이상할 게 없다.

……아니, 그건 당연하겠지.

'……생각해보면 초차원 시스템의 접합부에 살아 있는 몸으로서 있는 과학자는 없나…….'

【아, 아니, 그게, 귀환하기 위한 조사고 뭐고, 저희가 출현한 장소가 차원 파공의 발생지, 그러니까 차원 공간의 유착, 천공 현상이 연속으로 일어난 곳이어서, 귀환하기 위한 가장 빠른 길이『그 장소에 다시 균열이 생기기를 기다리는 것』이었기에……. 그리고 귀환을 위해 필요한 것 이외의 간섭은 불가능하기에 능동적인 조사 활동은 하지 않았습니다.】

데~~~엥!

그것 이외의 심리적 표현은 떠오르지 않는 마일.

완전히 기대가 빗나간 것이었다.

'그런……. 그럼 만약 또 우연히 균열을 발견해도…….'

【네, 다른 차원 세계에 대한 간섭 금지는 저희가 조물주님께 받은 기본 명령이어서 권한 레벨 5이신 마일 님이 명령하셔도 어쩔 수가 없습니다. 이차원 세계와 관련하여 저희가 할 수 있는 것은 아이템 박스로 이용되는 것과 같은, 다른 차원 세계의 발전에 영향을 미치지 않는 특수한 이용 방법뿐…….】

'윽……. 아, 하지만 그럼 인간을 조사하러 보내면…….'

【죽습니다.】

'뭐?'

모처럼 떠오른 명안에 엄청난 대답을 들은 마일.

【이곳 기후에 비해 상당한 고온과 저온이 반복되는 낮과 밤의 기온 차. 적은 물과 식량. 이 세계에 비해 훨씬 강하고 사나운 마물 무

리. ……일반 C등급 헌터는 첫날밤을 무사히 보낼 확률이 30% 이
하입니다…….】

　‘…………’

　그리고 귀환 대기 때 제일 처음 열렸던 균열 너머에는 인간은
물론이고 마물들조차 즉사할 세계가 있었기 때문에 나노머신도,
확인차 진입한 듯한 금속 골렘도 바로 걸음을 되돌렸다는 것.

　두 번째로 열린 균열 너머는 진공의 우주 공간이었고, 세 번째
로 이어진 것은 이 세계이긴 했으나 출구가 아주 높은 상공이었
다고.

　이어진 장소를 확인하려던 금속 골렘은 아래로 곤두박질. 아마
자신의 임무에 순응한 것이겠지만, 어쨌든 나노머신들은 문제없
었다. 아득한 상공이라도 어쨌든 원래 차원 세계와 이어졌기에
무사히 전원 귀환했다는 것이다.

　또한 이어진 곳과의 기압 차이가 있어도 공기가 강력하게 뿜어
져 나오거나 반대로 빨려 들어가는 일은 없는 듯했다.

　그런 방지 기구가 없으면 그 세계의 생물에는 대기가 맹독으로
가득한 세계라든지 우주 공간, 심해 따위와 이어졌을 경우 대참
사가 빚어지고 말 테니.

　　　　　　　　　＊　　＊

　나노머신과의 대화를 마치고 골몰히 생각에 잠긴 마일.

　‘이 세계는 지구와 너무 비슷해. 인간도, 동식물도……. 그야 지

구에는 없는 엘프랑 드워프, 수인, 마족 그리고 고룡과 마물도 있긴 하지. 하지만 그건 『추가분』이잖아. 공통적으로 있는 것들은 너무 비슷…… 아니, 완전히 똑같지. 그리고 그건 여기랑 균열 너머에 있는 마물에도 해당하는 말이야. 도대체 어떻게 그럴 수가……. 비슷한 환경이면 똑같이 진화하나? 평행 진화, 뭐 그런 건가? 아니면 인류를 훨씬 뛰어넘는 초월 종족(오버로드)의 차원을 넘나드는 파종 행위인가? 또는 대량의 생물이 차원을 이동할 만한 사건이라도 있었나? 그러고 보니 지구에서도 이 세계와 유사한, 엘프와 드워프, 용종과 마물들에 관한 전설이 세계 각지에 있지. 옛날에는 지구에도 그런 것들이 살았을 가능성이……. 아니, 그렇더라도 『그런 생물의 존재를 알고 있는 자』가…….'

그건 지구나 균열 너머 이세계에 대해 모르는 나노머신들에게 물어봐도 답을 얻을 수 없겠지.

그리고 설령 안다고 해도 『금칙 사항입니다』 하고 나올 가능성도 있었다.

'………….'

혼자 생각을 이어가던 마일의 의식은 점점 깊은 수면에 빠졌다…….

\* \*

"그럼 보고하게."

헌터 길드 티루스 왕국 왕도 지부. 그 본관 2층에 있는 회의실에서 『붉은 맹세』와 길드 마스터, 부 길드 마스터, 길드 상급 간부 3명 그리고 의뢰자 측 세 명까지 도합 12명이 자리에 있었다.

고개를 끄덕인 마일이 보고를 시작했다.

역시 이럴 때 설명은 마일이 전담한다. 『상황이 잘 이해되지 않을 때의 설명 및 보고는 마일의 일』이라는 게 레나 일행의 공통 인식이었기에…….

"이웃 나라 오브람 왕국의 정세는 안정적이고, 민심에도 큰 혼란은 없으며, 모반이나 민중 봉기 등의 가능성은 『현재 우리나라에서 일어날 확률과 같은 수준』, 즉 몹시 낮은 확률이며 평소와 다름없는 상황이라고 판단됩니다."

그 말을 듣고 으음, 하며 고개를 살짝 끄덕이는 의뢰자들. 조금 안심한 모양이었다.

이 부분은 갈 때와 올 때 숙박한 도시, 마을, 야영 및 휴식 시 식사를 제공해주고 상인과 헌터들에게 물어서 확실하게 조사한 내용이었다. 물론 B등급 파티 『빛나는 성검』에게 들은 이야기도 있어서, 이중 삼중으로 진위를 확인했다.

물론 귀족과 왕궁, 정치가 방면은 다른 팀이 조사하기 때문에, 이건 어디까지나 『길거리 민심』을 조사한 것에 지나지 않는다는 것은 모두가 잘 알았다.

"나라가 시끄러운 원인은 대부분의 마물 사이에서 나타난 신종 『특이종』 때문으로 짐작됩니다. 특이종에 관해서는 예전에 마레인 왕국 길드 측으로부터 통지가 왔으리라 생각합니다만……."

마일의 설명에, 그러고 보니 그런 보고도 있었지, 하는 표정을 짓는 길드 측 그리고 무슨 일인지 모르겠다는 듯한 의뢰자 측.

……아마도 다른 나라 길드 지부의 『마물 중에 강한 신종이 나타났다』 같은 신빙성이 의심되는 정보 따위는 위에 보고하지 않고 중간에서 끊어버렸겠지. 쓴웃음과 함께 쓰레기통에 던져버리며.

흔히 있는 일이다.

"원인은 ……진짜 원인이라고 할 수 있는 건 아직 정확하지 않지만, 『현상』으로서는 각지에 불규칙하게 강력한 신종 마물이 출연했다는 것입니다. ……그래요, 『출현』이요. 갑작스러운 출현(팝업)……."

헉, 하고 놀란 표정을 짓는, 『붉은 맹세』 이외의 참석자들.

"어떤 장소에서 우연히 신종이 발생했다는 이야기가 아닙니다. 그렇다면 문제는 그 지역에만 한정될 테니까요. 이번의 경우는 그게 아니라 각지에서, 동시다발적으로 발생한 것입니다. 게다가 다양한 이유로 인해 그 사실을 헌터 길드도 왕궁과 군부도 파악하지 못했고, 각지 현장에서 헌터와 마을 사람들이 피해가 급증, 대혼란까지는 이르지 않았어도 각지에 점진적으로 폐해가 퍼져나가 불안이 가중되었고……, 그 후에 여러분이 이상하게 여겨 조사를 시작하게 된 상황, 즉 현 상태에 이르게 된 것입니다."

"""""""……………"""""""""

회의실에 있는 사람들의 얼굴에는 그러한 사태가 발생한 것이 우리나라가 아니라서 다행이라는 생각이 분명히 실려 있었다. 그런 그들에게 마일의 유감스러운 통지가…….

"그리고 아시다시피 제일 처음 이런 사태가 발견되어 각 나라에 경고한 것은 마레인 왕국의 드워프 마을인 그레데마르입니다. 그리고 저희는 오브람 왕국 왕도 근교에서도 신종을 발견했습니다. 그레데마르와 오브람 왕국 왕도, 그리고 여기 티루스 왕국 왕도의 위치 관계는……."

그렇게 말하며 품 안에 손을 넣어 돌돌 말린 지도를 꺼내는 마일.

아니, 이곳에 있는 사람들은 모두 마일의 수납 마법에 대해 잘 알고 있었기에 그냥 공중에서 꺼내도 별로 상관은 없었지만, 『양식미』를 중요하게 여기는 마일이었다.

하지만 그 모습을 본 모두의 생각은 하나였다.

((((((그런 게 구겨지지 않고 들어갈 빈틈이 없을 텐데!))))))

다행히 모두의 마음의 소리를 알지 못한 마일은 테이블에 지도를 펼치고 설명을 이었다.

"……여기가 최초로 신종이 발견된 그레데마르입니다."

그렇게 말하고 마을 위치를 손가락으로 짚은 다음…….

"여기와 양국 왕도의 위치 관계는……."

마일은 양손 엄지와 검지로 지도를 눌렀다. 오른쪽 손가락으로 그레데마르와 오브람 왕국 왕도, 왼쪽 손가락으로 그레데마르와 이곳 티루스 왕국 왕도의 위치를…….

"""""""…………."""""""

그것을 보고 입을 닫아버린 참석자들.

그렇다, 마일이 지도상에 각각의 위치를 표시하기 위해 엄지와 검지로 누른 간격은 양쪽이 거의 같았다. 요컨대…….

"우리나라가, 왕도를 포함해, 이번 발생권 내에……."

"들어 있을 가능성이 상당히 크지 않은가 하는……."

정체가 밝혀지지 않은 『의뢰자들』 중 하나가 신음하듯 내뱉은 소리에 마일이 딱 잘라 비정한 대답을 내놓았다.

"망했다……. 젠장 맞을……."

신분이 높은 게 분명한 사람들 앞임에도 불구하고, 길드 마스터가 자기도 모르게 욕지거리를 내뱉고 말았다. ……그 정도로 동요한 거겠지.

"즉시 폐하께 보고를 올리고 군과 각지 영주 그리고 길드 지부에 지시를……."

"각국에 경고도 보내야 해. 경고는 오브람 왕국, 마레인 왕국이랑……."

사태의 심각성을 깨달은 듯한 의뢰자들의 다급한 말에 마일이 끼어들었다.

"두 나라에 접한 트리스트 왕국에는 꼭 필요하겠죠. 위치 관계를 볼 때 이미 각지에서 피해가 나오고 있을 가능성이 큰…… 아니, 거의 확실하다고 봐야 하니까요. 오브람 왕국과 마찬가지로 아직 그걸 깨닫지 못했을 뿐……. 오브람 왕국은 왕도의 길드 마스터가 직접 왕궁에 보고했겠지만, 사태를 가볍게 여긴 멍청이가 대처에 늦을 가능성을 고려하면 이 나라의 국왕 폐하께서 직접 친서로 경고해주시는 게 좋지 않을지……."

마일, 『똘똘이 모드』 발동이었다.

"'평소에도 이렇게 똑똑하게 굴면 얼마나 좋아…….'"

그리고 속으로 한숨짓는 『붉은 맹세』의 세 멤버.

그렇다, 평소에 어린 소녀가 어쩌고 짐승 귀가 어쩌고 하면서 시끄럽게 굴 때와의 차이가 지나치게 컸다…….

하지만 『언제나 똑똑한 마일』이란 것도 왠지 꺼려졌기에, 역시 지금 이대로가 좋다고 생각을 고쳐먹는 레나 일행이었다…….

*　*

"보고도 끝났고, 뛰어난 성과가 있어서 추가 보수까지 받았고, 만만세네."

"증거로 제출한 특이종도 전부 비싼 값에 사주네요. 역시 왕궁, 배포가 커요!"

일단 의뢰주는 신분을 숨겼지만, 그 정도야 다 알 수 있다. 그리고 의뢰인의 시원시원한 돈 씀씀이를 입이 마르도록 칭찬하는 폴린이었다.

적어도 추가 보수를 지급하려고 생각한 자의 의도는 폴린에게 만큼은 효과만점이었다. 돈을 많이 주면 분명 다음에도 왕궁과 얽힌 의뢰를 몹시 환영하며 받아줄 거라는 그 의도대로.

실제로는 폴린에게 있어서 계약이란 각각이 독립된 사항으로 지난번에 많이 벌었다고 해도 다음 계약과는 전혀 관계가 없었지만, 뭐 폴린도 인간인지라 다소 효과는 있을지도 몰랐다.

길드 마스터의 방에서 나와 계단을 내려가며 그런 대화를 나누던 『붉은 맹세』였는데…….

"······그런데 마일. 이거······."

메비스가 갑자기 진지한 표정으로 마일에게 말을 걸었다.

"모르겠어요. ······하지만 그럴 가능성도 충분하지 않을지······."

그렇다, 여기저기서 다발적으로 등장하고 있는 특이종······. 다른 사람에게는 이해하기 쉽게『신종』이라는 표현으로 설명하기도 했지만, 이 하나로 이어진 사건이라는 것은 굳이 확인할 필요도 없었다. 메비스가 마일에게 물은 것은『이게 그것인가』라는 질문이었다.

······그렇다, 『그것』.

마일이 한번『붉은 맹세』와 헤어져 따로 여행을 떠나려 했던 그『고룡들이 선사 문명의 유적을 조사하고 있는 이유』와 연관 있다는 것. 고룡들이 무언가에 대한 준비가 필요하다고 여겼던 그『무언가』.

그것과 관련 있지 않은가.

고룡은 세계 최강 종족이다. 마력도 육탄 전투도, ······그리고 지능도.

그럴 마음만 먹으면 인류를 간단히 멸망시킬 수 있고, 또는 지배해 세계를 군림하는 것 역시 가능하리라.

······하지만 고룡은 그런 짓을 하지 않는다.

그런 시시한 일에 흥미를 품는 것은 어린 용뿐이다.

인간은 개미의 생활에 개입하거나 개미를 복종시키려고 하지 않는다. 그런 짓을 하는 것은 개미집을 막대기로 쑤시며 노는 어린이들뿐이다. 그와 마찬가지겠지.

마일은 생각했다.

……그렇다면 왜 고룡은 고대 문명 유적에 집착하는 것일까.

역시 고룡에게 다시 한번 물어볼 필요가…….

하지만 그리 쉽게 고룡을 만날 수 있는 것도 아니다.


"아, 마일 씨, 편지가 와 있어요!"

"앗? 아, 네!"

계단을 내려가 그대로 여인숙으로 돌아가려는 『붉은 맹세』에, 접수원이 그렇게 말했다.

마일은 편지를 받아 보낸 사람을 확인했다.

"으음, 누가 보낸 걸까? 어디 보자……, 앗, 이 문장은 케라곤 씨?! 그쪽에서 먼저 연락이, 왔다아~!"

# 특별 단편   크레레이아, 엘프 마을을 떠나다

"좋았어, 마을을 떠나는 거야!"

갑자기 그런 말을 내뱉는 한 엘프 소녀.

겉으로 보기에는 조금 몸집이 아담한 14~15세 정도 같았지만 물론 엘프이므로 그 몇 배에 달하는 나이다.

하지만 수명이 긴 엘프 중에서는 아직 어린 취급이며, 정신 연령은 겉모습과 같았다.

……생활 연령은 그럭저럭 되기 때문에 지식과 경험은 나름대로 있었지만…….

"남존여비가 심하고 보수적이고 변화가 없고 깡촌에 인구가 적어서 『멋진 남자와 운명적인 만남』 따위는 있을 수가 없고! 이웃 마을 젊은 남자는 죄다 아는 얼굴들이라 새삼 설레지도 않고!"

그렇다, 반면 소문으로 들은 인간 도시는 아주 화려하고 즐거운 곳 같았다.

몇 년 전에 마을을 나간 에이투르와 샤라릴이 이따금 인간 도시에서 선물을 사서 돌아와 모두에게 이런저런 이야기를 들려주는데, 그에 따르면 처음에는 이래저래 고생했지만, 지금은 연구직에 취직해서 촉망받는 신인으로 즐겁게 지내고 있다는…….

또 제일 힘든 점은 『자꾸만 접근하는 인간 남자들을 상처 주지

239

않고 거절하기』라고 한다!

"엘프는 인간 도시에서 인기가 많다며? 외식할 때는 대체로 남자가 산다며? 낙원이니?!"

사실은 돋보이게 꾸미고 인간 도시에서 사는 것을 반대하지 않도록 실적을 실제보다 대폭 늘린, 그러니까 상당한 과장과 허풍을 포함하고 있었지만, 마을에 있을 때 성실하고 진지했던 두 사람이 거짓말을 할 거라고 생각도 하지 못한 크레레이아는 그 말을 액면 그대로 완전히 믿었던 것이다.

……아니, 에이투르와 샤라릴도 고의로, 악의를 담아 거짓말한 것은 아니다. 마을로 돌아오라는 압력에 굴하지 않으려고, 보고와 특산품 이야기를 하면서 살짝, 아주 살짝 살을 붙이고 과장하고 뻥을 가미했을 뿐이다. 사실보다 아주 살짝, 4~5배 정도로…….

어른들은 이런 경우 『과장한 부분』이 어디인지 알고 잘 덜어내 해석한다. 하지만 엘프치고 아직 어렸던 크레레이아는 그대로 받아들이는 데서 더 나아가 뇌에서 자체 보정하여 그보다 더 몇 배나 되는 기대를 품고 말았다.

"이러면 이젠 갈 수밖에 없어! ……하, 하지만……."

그렇다, 인간 도시에 가기로 했지만 큰 문제가 네 가지 있었다.

첫째는 가족이 허락해주지 않으리라는 것.

둘째는 크레레이아 본인이 아버지에게서 떨어지기 싫다는 것.

셋째는 크레레이아 본인이 아버지에게서 떨어지기 싫다는 것이고, 넷째도 크레레이아 본인이 아버지에게서 떨어지기 싫다는 것이었다.

……크레레이아, 파더 콤플렉스가 과했다…….

* *

"크레레이아도 벌써 그런 나이가 된 건가…….

"참 빠르단 말이지, 애들 크는 속도가…….

"그럼 촌장과 장로의 허락은 내가 구할게. 내가 부탁하면 거절하진 못할 거야. 내가 헌터로 인간 도시를 돌아다녔을 때, 대량으로 생필품을 조달해서 마을의 생활환경 향상에 막대한 공헌을 했으니까. 또 그 여행 도중에 만난 게 사파루나야. 처음 봤을 때 사파루나는 오크가 어깨에 메고 있었던가…….

"당신, 그 말은 안 하기로 약속했잖아요!"

전혀 말리지 않았다는 것. 부모님 모두 마을을 나간 적이 있다는 것. ……그리고 어머니가 『차라리 그냥 죽여!』하는 상황까지 간 적 있었다는 사실을 처음으로 알고 깜짝 놀라는 크레레이아였다…….

* *

……그리하여 앞에 한 말을 취소할 틈도 없이 일이 일사천리로 진행되어, 갈팡질팡하는 사이에 마을을 떠나게 된 크레레이아.

"설마 진짜로 마을을 떠나게 될 줄이야……. 분명 아버지가 결사반대할 줄 알았는데…….”

자신의 희망이 이루어졌는데도 왜 그런지 실망한 크레레이아
는 터벅터벅 가도를 걸었다.

“일단 왕도에 들어가기 전에 어디 근처 도시에서 돈부터 벌어
야…….”

그렇다, 엘프는 인간들이 쓰는『돈』을 별로 가지고 있지 않았다.

밭일과 사냥 그리고 채취. 동료들끼리 물물교환을 하거나『대
차 장부』를 바탕으로 한 상부상조.

이따금 인간 도시에 물건을 사러 나갈 때는 마을 대표로, 다 함
께 모은 약초와 모피, 기타 마물 소재 등을 환금용으로 짊어지고
간다.

……그렇다, 마을에는 긴급용을 제외하면『인간이 쓰는 돈』이
란 게 거의 없었다. 그래서 여행을 떠나는 크레레이아의 손에 부
모님이 쥐여 준 것은 자신들이 마을로 돌아올 때 가져왔던, 지금
은 디자인이 바뀌어서 이제는 바탕쇠의 가치밖에 없는 옛날 동전
몇 닢뿐이었다.

“일단 가까운 도시에서 왕도까지 갈 여비와 왕도에서 직업을
찾고 첫 월급을 받을 때까지 들어가는 생활비를 마련해야
해……. 좋은 직업을 찾으려면 그만큼 시간이 필요하니까…….
뭐, 인간 도시에서는 엘프가 인기 있다니까 곧바로 조건 좋은 일
을 찾는 건 틀림없겠지. 아무 걱정 할 필요 없어!”

만약 크레레이아가 마을을 떠날 때 에이투르와 샤라릴이 있었
다면 몹시 당황하며 진실을 알려주었겠지.

하지만 두 사람은 규칙으로 정해진 귀성 의무를 다하기 위해 최소한으로만 돌아왔다. ······다른 나라에서 마을에 돌아오려면 상당한 경비가 드는 데다가 일에도 영향을 미치기 때문에 당연한 이야기였지만······.

그래서 크레레이아는 에이투르와 샤라릴의 이야기를 그대로 받아들이고, 거기에 자기가 몇 배로 부풀린 망상을 가슴에 품고 인간 도시로 향했던 것이다······.

* *

"여기가 인간들의 도시······."

엘프 마을에서 제일 가까운 도시도, 그 도시에서 비교적 가까운 도시도 전부 그대로 지나쳐 마을에서 꽤 멀리 떨어진 도시까지 온 크레레이아. 여기까지는 매일 노숙······, 아니, 『야영』했다. 도시에서 여인숙에 머물지 않았던 이유는 물론 돈이 없었기 때문이다.

아무리 그래도 도시에 도착하자마자 그날 식비와 숙박비를 어떻게든 해결 가능하리라고는 생각하지 않았다.

그리고 부모님께 받은 화폐(동전)는, 지금은 디자인이 바뀌어 새로운 화폐가 사용되고 있었기 때문에 이제 일반적으로 유통하지 않는 모양이었고, 금화가 아닌 이상 큰 가치가 없다는 생각에 새로운 화폐로 환전하지도 않고 부적 대신 가지고 다닐 작정이었다.

……어쨌든 부모님께 받은 소중한 물품이니까…….

물론 지금까지 마을 밖으로 나간 적도 돈을 써본 적도 없는 크레레이아는 금화의 가치와 색깔은 알았어도 금화보다 더 가치 있는『오리하르콘화』가 있다는 사실은 알지 못했다. 설령 현행 유통 화폐가 아니어도, 바탕쇠만으로 금화를 훨씬 넘는 가치가 있다는 사실도…….

그것도 모르고 아무 설명도 없이 돈주머니만 건넨 아버지의 큰 실수였다.

환전상에 가서 바꾸면 상당한 금액을 받을 수 있는 오래된 동전(오리하르콘화)을 가지고 있다는 사실을 꿈에도 몰랐던 크레레이아는 숲을 지나면서 채취한, 오래 보존할 수 있고 좋은 값에 팔 수 있는 채취물(약용 효과가 있는 나무 열매라든지, 진귀한 버섯이라든지)을 팔아 2, 3분의 생활비로 쓰고, 그동안 일을 찾아 왕도로 가기 위한 경비를 마련할 생각이었다.

"완벽한 계획이야!"

그렇다, 마을을 떠난 적 없는 크레레이아는 세상 물정을 너무도 몰랐다.

소재의 시세도, 인간의 양심도…….


"오오, 이건 희귀한 버섯이고, 숲속 깊은 데만 있다는 나무 열매가 아닌가! 금화 한 닢에 사주도록 하지!"

"뭐야, 엘프?! 별일이 다 있군! 그래, 아가씨 혼자서……. 음, 그렇다면 여기 식사는 우리가 쏜다!"

'에이투르랑 샤라릴이 말한 대로네. 인간, 참 쉽다. 후후후!'

역시 인간 남자들은 엘프 소녀에게 몹시 약했다…….

＊　　＊

"우후후,『꼭 왕도에 가야 해서 필사적으로 여비를 벌려고 하는 가여운 엘프 소녀』라고 해서 식당에 취직했더니 팁을 엄청 받았네! 인간, 너무 쉽다!"

그렇다, 엘프를 접할 기회가 거의 없는 인간들은 엘프가 오래 산다는 것을 알고 있어도 자기도 모르게 외모만 보고 상대의 나이를 가늠해버리기 때문에 크레레이아는『고생 중인 소녀』, 심지어 그 앞에『엘프』라는 단어가 붙어서 최대한 친절하게 대해주었다.

그리고 아무리 엘프 마을에서 상당히 멀다고는 해도 엘프 마을과 왕도를 잇는 직선상에 위치하는 이 도시에서는 엘프를 적대하는, 잘못하면 국가가 휘말려 전면전을 초래할 수 있는 짓을 하는 자가 있을 리 없었고, 잡혀서 위법 노예로 팔리는 등의 위험도 거의 없었다.

"하지만 식당에서 아저씨가『이 근방에 엘프한테 나쁜 짓을 하는 놈은 없지만, 왕도 근처는 나라고 도시고 어찌 되든 상관없는, 자기만 좋으면 그만인 놈들도 있으니까 말이지. 지금부터는 엘프라는 사실을 너무 떠벌리고 다니지 않는 게 좋을 거야. 다행히 크짱은 머리카락으로 귀를 가리면 인간으로 보이니까 말이야.』하고 말하기도 했으니까, 지금부터는 인간인 척하는 게 좋겠어…….

그래, 앞으로는『고생 중인 엘프 소녀』가 아니라『고생 중인 인간 소녀』로 가자!"

하지만 물론 엘프뿐 아니라 혼자 여행하는 인간 미소녀 역시 악당들에게는 충분히 혹하는 사냥감이었다.

……그렇다, 위험도는 별반 다르지 않았다…….

그리하여 단기간에 상당한 돈을 모은 (대부분은 월급이 아니라 팁) 크레레이아는 이번에는 도보가 아니라 마차를 타고 왕도로 향했다.

마차 안에서는 일해서 가족에게 돈을 부치기 위해 혼자 왕도에 가는 기특한 인간 소녀를 연기해서, 다른 승객들로부터 과자며 이것저것 얻어가면서…….

'인간, 참 쉽다. 우후후!'

　　　　　　　＊　＊

"……여기가 인간들의 왕도네!"

같은 나라에 살고 있긴 하지만 엘프는 인간 귀족의 영민이 아니어서 세금을 내지 않는다. 수인들과 같은 위치였다.

그래서 이 도시는『인간의 왕도』이지,『엘프에게는 왕도』가 아니어서 크레레이아의 입장에서는『이 부근에서 제일 큰 도시』그 이상의 의미는 없었다.

이 근방에서 제일 번영했고, 번화했고, 즐거울 것 같고, ……또 편하게 돈을 벌 수 있을 것 같다. 그저 그것뿐이었다.

"좋았어, 에이투르랑 샤라릴이 말했던 『아카데미』인가 하는 데 취직하자! 그 둘도 엘프여서 우대받는다고 했었고……. 여기는 두 사람이 사는 곳과는 다른 나라지만, 아카데미는 어느 나라나 있다고 했고 보통은 왕도에 본부가 있다고 하니까 거기 가면 취직될 거야, 아마도!"

크레레이아, 너무나 세상 물정을 몰랐고, 세상 자체를 지나치게 얕보고 있었다…….


"으아앗, 엘프이신데 아카데미에서 연구하고 싶다고요? 정말 잘 와 주셨습니다아아앗!"

……인간, 너무 쉬웠다…….

* *


"……그렇게 해서 왕도에 도착하자마자 아카데미에 취직했어. 그 사흘 후에는 큰 파티에 초대받아서, 돈 많은 상가 사람이라든지, 차분하면서 멋진 귀족 아저씨도 소개받고, 그다음 날에는 『박사』 칭호랑 『교수』 지위를 얻었고, 풍부한 자금으로 원하는 연구를 실컷 하라면서…… 앗, 표정이 왜 그래, 둘 다?"

크레레이아가 귀성했을 때 만난 에이투르와 샤라릴에게 자신이 인간 도시에 간 이후의 이야기를 들려주자, 처음에는 걱정스러워하던 에이투르와 샤라릴의 표정이 점점 썩기 시작했다. 그 사실을 눈치챈 크레레이아가 이상하다는 투로 물어보니…….

““웃기지 말라고오오오오!”””

에이투르와 샤라릴이 격노했다.

“우, 우리는 처음에 인간 도시에 가서 고생해가며 필사적으로 군자금을 모으고, 논문을 수도 없이 써내고, 뒤룩뒤룩 살찌고 기름 줄줄 흐르는 아저씨한테 웃으면서 아부하고, 『조수』조차 아닌 신분으로 겨우 아카데미에 들어가 죽을 둥 살 둥 노력했는데! 앞으로 조수, 조교, 강사, 조교수를 거쳐 교수가 될 때까지 몇 년이 걸린다고 생각해?! 그야 인간과 달리 수명이 긴 우리야 시간을 들이면 최종적으로는 교수가 될 확률이 높겠지만, 인간보다 몇 배나 되는 세월이 걸려 겨우 교수가 되는, 창피한 짓을 할 수 있을 리가 없잖아! 그런, 엘프의 긴 수명을 이용해, 짧은 수명으로 열심히 하는 인간 연구자의 자리를 빼앗는 파렴치한 짓은! 그래서 인간들을 웃도는 성과를 내야 한다고 필사적으로 노력하고 있건만, 그걸 넌, 너란 녀석은……!”

그렇게 말하며 바득바득, 잇몸 사이로 피가 나올 것처럼 이를 갈며, 마치 땅속에서 울리듯 으르렁대며 크레레이아를 노려보는 에이투르.

“……그런데 너, 도대체 무슨 연구를 하는 건데……?”

에이투르와 마찬가지로, 죽일 듯한 눈빛으로 크레레이아를 노려보면서 샤라릴이 물었다.

그러자 수줍게 대답하는 크레레이아.

“……아, 응, 『류르티르초(草)의 재배 방법이랑 그 약효에 대하여』 조금…….”

""그거, 어린애가 집 채소밭에서 놀이 삼아 기르는 거잖아아앗!""

"……응, 하지만 인간한테는 별로 알려지지 않았던데……. 아, 그 밖에도 세리나초(草)의 생육 조건이라든지, 깊은 숲속에 서식하는 마물의 비율과 그 분포라든지……."

"엘프라면 누구나 어릴 때부터 알고 있는 거잖아!"

"너, 설마 제대로 연구도 안 하고, 깊은 숲에서 수십 년 살면 누구나 아는, 엘프라면 어린애도 아는 것을 소재로 삼아서 바, 바바바, 박사 칭호랑 교수 지위를 얻었다고 말하는 건 아니겠지……."

"……데헷."

""죽어어어어어어!""

그리고 시뻘게진 눈으로 진지하게 때리러 오는 에이투르와 샤라릴로부터 허둥지둥 달아나는 크레레이아.

……그렇다, 그리하여 크레레이아가 에이투르와 샤라릴에게 『사악한 놈』으로 찍히면서 기나긴 반목의 나날이 시작되었다…….

## 작가 후기

여러분, 오랜만에 인사드립니다. FUNA입니다.

오래 기다리셨습니다. 드디어『능균』14권이 나왔습니다!

그리고 이번 14권부터는 출판사가 바뀌어 스쿠에니의 새로운 레이블『SQEX노벨』창간 타이틀로 화려하게 부활했어요!

다만 출판사는 바뀌었어도 작가, 일러스트레이터, 담당 편집자, 교정, 교열 회사, 기타 등등 모든 멤버는 그대로입니다.

사실은 이렇게 유지하려고 옮긴 거지만요…….

유적…… 아니, 이적했어도 스텝 구성(콤바인)은 변함없는!

네, 여러분 다같이, 하나~둘~,

『이세키(ISEKI) 콤바인!』

그리고,

『렛츠 콤바인!』

그리하여 관계자 전원이 지금까지와 같습니다만 이적 후 첫 번째, 그것도 창간 타이틀이라는 책임이 중차대한 1번 타자를 맡았기에 기합을 잔뜩 넣었습니다!

그런 이유로 책의 퀄리티도 업그레이드!

계속해서 잘 부탁드립니다.

이번 권에서는『안타까운 종족 엘프』, 그 생태의 비밀. 거기에

스며든 누군가의 작위적 냄새…….

그리고 『붉은 맹세』는 특수 의뢰를 받아 또다시 다른 나라에 원정을 떠나고, 나노머신도 정체를 모르는 『세계의 위기』, 그 서막이 펼쳐집니다.

권말에 수록된 특별 단편에서는 크레레이아 박사와 에이투르, 샤라릴의 사이가 나빠진 이유까지!

크쨩, 네가 잘못했네…….

다음 15권에서는 고룡이라는 종족의 수수께끼와 그 존재 의의에 관한 비밀의 일부가…….

고룡 장로가 들려주는 구전 속에 숨겨진 비밀은?

드디어 본 줄거리에 진전이?

그리고 마르셀라를 비롯한 『원더 쓰리』의 근황과 『붉은 맹세』의 수인 소녀 구출 대작전까지!

작열하는 마일의 욕망과 번뇌.

마일: 내, 복슬복슬 제국 설립의 꿈을 막으려는 자는 절대 용서 못 해!

힘내라, 마일!

다음 회, 『마일, 죽음도 마다하지 않는다』

듀얼 스탠바이!

소설은 출판사가 바뀌었지만, 만화는 게재되는 사이트(웹지, 코믹 어스 스타), 출판사(어스 스타 엔터테인먼트) 모두 그대로입니다.

당시에 검증되지도 않은 신인의 데뷔작을 만화로, 서적 1권의 매출 결과를 알기도 전에 맡아주셨던 네코민트 선생님.

마일을 비롯하여 『붉은 맹세』의 성격을 완벽하게 이해하시고 귀여운 그림으로 스핀오프 코믹 『저, 일상은 평균치로 해달라고 말했잖아요!』를 그리고 계신 모리타카 유키 선생님. (스토리는 모리타카 유키 선생님이 만드십니다.)

앞으로도 어스 스타에서 계속 출간될, 제가 너무나 감사드리는 두 분의 만화도 이어서 많은 응원 부탁드립니다.

마지막으로 담당 편집자님, 일러스트레이터 아카타 이츠키 님, 책 디자이너 야마카미 요이치 님, 교정, 교열 및 인쇄, 제본, 유통, 서점 등에 종사하시는 관계자 여러분, 감상과 지적, 제안, 충고, 아이디어 등을 아낌없이 주시는 '소설가가 되자' 감상란의 여러분, 그리고 무엇보다도 이 작품을 읽어주신 여러분께 진심으로 감사드립니다.

그럼 또 다음 권에서 만날 수 있다고 믿으며…….

FUNA

## 후기‥‥‥ 같은 것

그러고 보니 머리카락 내린 마이
한동안 그리지 않았었구나‥‥‥싶은
별로 상관은 없지만‥‥‥
생활 리듬이 완전히 망가져서
아침형 인간이 되어볼까‥‥‥합니다

亜方逸樹
*아카타 이츠키

WATASHI, NORYOKU WA HEIKINCHI DETTE ITTAYONE! vol.14
©2021 Funa, Itsuki Akata/SQUARE ENIX CO., LTD.
First published in Japan in 2021 by SQUARE ENIX CO., LTD.
Korean translation rights arranged with SQUARE ENIX CO., LTD.
and Somy Media, Inc. through Tuttle-Mori Agency, Inc.

## 저, 능력은 평균치로 해달라고 말했잖아요! 14

2021년 03월 15일 1판 1쇄 발행

저　　　자 FUNA
일 러 스 트 아카타 이츠키
옮 긴 이 조민정
발 행 인 유재옥
본 부 장 조병권
편 집 1 팀 김혜연 박소연 이준환
편 집 2 팀 박치우 정영길 조찬희
편 집 3 팀 곽혜민 오준영 이해빈
라이츠담당 이승희 한주원
디 지 털 김지연 박상섭 이성호 최서윤
미　　　술 김보라 박민솔
발 행 처 ㈜소미미디어
인쇄제작처 ㈜코리아피엔피
등　　　록 제2015-000008호
주　　　소 서울시 마포구 토정로222, 403호 (신수동, 한국출판콘텐츠센터)
판　　　매 ㈜소미미디어
마 케 팅 박종욱
전　　　화 (02)567-3388, Fax (02)322-7665

ISBN 979-11-384-0860-8
ISBN 979-11-5710-478-9 (세트)